U0095455

2010 年，我在中国开设"国际教练科学与艺术"课程时，认识了王育琨先生。他给我留下了很深的印象。每次授课时，他都以极大的热情，全神贯注去倾听。记得第一天课程结束后，他告诉我："您的课程让我第一次清晰地找到了我的生命意图！"

在 15 天的课程中，我曾为育琨做过一次一对一教练。通过这次教练，我发现他拥有着超乎常人的意识水准，简直就是中国新时代的庄子，我震惊于他的思想高度。

得知王先生要出版一本关于中国"地头力"的书时，我甚是高兴。对于高速发展中的中国来讲，这样的书是无价的精神佳肴，所以，当他邀请我为这本书写序时我便欣然答应了。

这本书用许多简单的隐喻讲述了深奥的哲理，通过许多公司的案例揭示了中国企业最需要的力量——"地头力"。一个公司的强盛，不在于它的规模，而在于"地头力"是否强劲，在于公司是不是建构在"地头力"的基础上。地头力，是一种直觉、好奇心与逻辑思维结合在一起的突破力，是一种从心所欲不逾矩的自由境界。

过去的企业管理模式中，管理的重点是工作业绩（已经完成的）和行为（正在做的）。而在知识和信息化时代，各个组织成员意识的觉醒和幸福感成为最重要的解决问题的范式。当一个人和组织认识到自己存在价值的时候，他们将会被赋予持续的、强有力的力量，并将体验到工作和生活中的巨大喜悦。在每个教练看来，人是具有整体性的，人是资源充足的，人是具有创造性的。

我很高兴地看到这个教练文化的哲学观点已经被育琨转化为地头力理论对组织成员的三个基本假设。育琨告诉我，我的课程使得他摆脱了先前主要从勇敢、顽强等"压力"[1]的意识层级解析事实，而是能够跃升到主动、宽容、明智、爱；喜悦、平和等意识层次来透视事实和行为，透析情绪，把握真实意图。

您希望您的公司达到绩效吗？您希望激发您团队的工作热情吗？您希望提高您团队的工作效率吗？我郑重地向您推荐这本书。我相信，无论是企业管理者还是普通人，读过此书后都会有所收获，都会对生命力和能量转化有新的认识。

还记得课程结束时，育琨立下的宏愿："点亮和提升自己意识的亮度，点亮和提升中国人意识的亮度。"我相信，此书的出版会实现王先生的宏愿并会掀起中国企业领导力改革的浪潮。

Paul Jeong 博士

获国际教练联盟认证的教练大师，亚洲国际教练中心总裁

---

[1] 美国学者德比特·赫钦斯博士的"意识地图"（Consciousness Map）理论，人的意识亮度（以 Lux 为单位）由低至高可分为 17 个层级。以 200 的"勇气"为基准，居于其上的 8 个层级的意识状态可称之为"能力"（Power），居于其下的 8 个层级的意识状态则被称为"压力"（Force）。

育琨提出的"地头力"概念，真是符合我这个老农民的心意。

将企业管理的深奥理论简化为连农民都能理解的"地头力"，一下子把我们带到了田间地头，也就是企业运行的每一个现场。这种现场有着逻辑和历史的一致性。它既包括了企业运行的每一个细小环节，从研发、试产、生产、销售到服务，也包括了这些现场所需要的决策能力、每一个参与者的能动性的发挥空间和允许这种发挥的企业文化背景；从另一方面来说，企业由出生到成长，从取得第一份企业验资证明，到取得企业营业执照，从一般的产品生产许可到特许经营，这中间的每一个过程和情景，恰如地头的老农伴着田间庄稼的成长一样。

中国所有白手起家的企业家有谁不是从这种企业的田间地头走过来的呢，不信可以去问问任正非、马云、王振滔、陈东升、冯仑等人。

现在中国企业正面临着巨大的发展机遇，这是机会也是挑战，要想使中国的企业真正走向世界经济的前沿，真正具备持久和健康的发展能力，管理理论的创新无疑是摆在中国企业家和理论家面前的重大课题。

一个国家经济发展的好坏，与管理理论创新的能力有关系。比如英国，它曾是世界上最发达的国家，除工业革命带来的技术变化外，我认为管理理论的变化是更根本的原因。英国人在经济和管理上提出了一整套股份制理论，并让其充分地发展，确实给本国和世界经济带来了巨大的飞跃。美国的经济发展一方面是由于股份制的充分发挥，另一方面他们的管理理论也有很大发展，比如创建了泰罗制。二十世纪七八十年代，日本也有自己的一套管理理论，比如松下、丰田的管理模式。

那么，中国若要成为经济充分发展的世界领先国家，在管理理论方面也应该要有所创新。如果中国企业真想走到世界前列的话，管理必须有整套的创新。如果没有这个背景，只是依靠庞大的市场、劳动力红利、技术创新，诸如此类，我们还不一定能做到世界领先。

一切管理创新的逻辑起点一定是人，是人的价值。因为企业是由人构成的，每个人有不同的发展需求。从这个角度来说，要想做好一个企业就和一个国家、一个团队要成长好是一个道理，最重要的是要尊重一些人性正面基本的要素，比方说对创造性的尊重、对错误的容忍，这些都是构成人类正面价值的东西，这种因素在背后起作用。

育琨用"地头力"来提炼一种新的管理理念，以人的自觉意识的觉醒为企业前进的能量来源，相信会给我们这些具体从事企业运作的人带来有益的启示，尤其是这种管理理论的创新意识使我深感敬佩。

艾路明

武汉当代科技产业集团股份有限公司董事长

阳　光

谁也没有摸到过阳光

更何况我和你

当树叶发亮的时候

我们就知道阳光在哪里了

谁也没有摸到过阳光

更何况我和你

当身上暖洋洋的时候

我们就知道阳光来做伴了

谁也没有摸到过阳光

更何况我和你

当河水亮晶晶的时候

我们就知道阳光在小河里洗澡了

　　这首纯净优美的诗，是 6 岁半的小女孩徐贝琦在上课时写的命题作文，也是我 2009 年参加德胜洋楼圣诞晚宴时意外收获的惊喜。当她姥爷沙叶新得意地向我念叨着外孙女的诗句"谁也没有抚摸过阳光"时，她马上在一旁纠正说："是'摸到过'。"我立刻靠近她，一个字一个字地记录下这首《阳光》，原汁原味。

　　在小贝琦纯洁的眼光中，阳光是一种流动着的快乐。她从发亮的树叶知道阳光在那儿，从暖洋洋的身体感受到阳光来做伴了，从亮晶晶的水中发现阳光在洗澡！那是一种没有意图、没有目的而贯透全身的巨大快乐！一如爱，"阳光"也是很虚幻的东西，小贝琦却能够用她全然的敏感，把虚幻的东西具体化，一下子让我们体悟到"阳光"的味道。

　　"阳光"是天籁之音，是自然而然发生的，不是被某种观念"做"出来的，也不需要"知识丰富"、"机警聪明"的头脑。它需要天真而没有经验划痕的头脑，需要调动鲜活的视觉、嗅觉、触觉、味觉、听觉去觉知树叶和身体，去感受阳光洗澡那样巨大的快乐。

　　我们这些用"意图"和"目的"武装起来的成人，还真难沉醉在阳光的巨大快乐之中。我们被各种各样的观念、面子和虚假自我绑架、拘押了，因而陷入对"阳光"的漠然，对人生的茫然之中，"真北"[1]（True North）逃离了我们。那种冥冥之中的召唤，已经被金钱和世俗的浮躁淹没了。也正因如此，老子才会痛感"物壮则老，是谓不道"，所以他呼吁"常德不离，复归于婴儿"，尼采也说，人的精神会经过三种变化，首先是变成

---

[1]"真北"是由 Dr. David Cochran 提出的一套方法论。分为终极目标（True North）、目的（Functional Requirement）、手段（Physical Solution）以及达成的尺度（Measure）。

骆驼，然后是变成狮子，最后变成婴儿，因为婴儿具有"和光同尘"提携天地的伟力。所以在这样的时刻，小贝琦的诗自然能带给我格外强烈的震撼。

做人做企业，我们常常迷失。

做人本来应该追逐生命力，但现实中我们却只知道追逐生命的光环，我们深陷在各种财富、权力、地位的光环中不能自拔！做企业我们本来应该追求可持续发展的生命力，可是我们却被规模、行业老大、世界第一给罩住了。为了第一，我们甚至无所不用其极！我们看不到阳光了！

人生是一个回归，做企业也是一个回归。我们需要时时反问：我们能找到、锁定那冥冥之中召唤我们的"真北"吗？

小贝琦的诗指引出了一条通往"真北"的希望之路！知道"阳光"在哪里，也就是知道了"真北"在何处，我们就可以出发了。

一如小贝琦的灵性，在中国大地上茁壮成长的中国企业人，洋溢着头拱地开创一番天地的自觉和自信。他们在追逐和创造财富的同时，也把员工的发展放到突出的位置上，有些企业家甚至将"造就一代自由的、追求一刻接一刻极致的整体人"作为企业发展的使命！

自由、追求一刻接一刻极致的整体人精神，就是照耀着中国企业人的"阳光"。

印度当代著名哲学家奥修说："'想要变成什么'是灵魂的一种病。本性就是你，去发现你的本性就是生活的开始，那么每一个片刻都是一个新的发现，每一个片刻都会带来新的喜悦。一个新的奥秘会打开它的门，一种新的爱会开始在你里面成长，有一种新的慈悲，那是你以前从来没有感觉过的，有一种新的对于美和善的敏感度。"

类更大故事和智慧的一个有机部分。

提炼岗位现场的人性加故事，丰富和充实企业的人性价值，会激发新老员工破除牛烘烘、官僚气，打破藩篱，回归现场解决问题。这样反复互动的过程，可以成为公司培养自由的、追求一刻接一刻的整体人的重要路径。

人性加故事，是建立"阿米巴"经营体系和充盈末梢的场域的重要节点。

新程序：行事程序与思考程序

无论是稻盛和夫的"敬天爱人"、"利他"，还是聂圣哲的"我首先是个好员工"，这些经营中的大道，都落地在一个个精细的程序和规矩之中。他们相信，合理的程序规则将驱走牛烘烘的官僚和杜绝各种内部腐败。

稻盛和夫说：我深爱着我的员工，我怕他们摔跟头。而现实中，每一分钟都会有 1000 个念头，这其中有 999 个可能是正当的，但是有 1 个可能是危害很大的邪念。如果机缘巧合，这个邪念就可能控制人的思维和行动。能够避免被邪念驱使的最好办法，就是一事一规矩，一一对应，一切按照程序走。

《德胜员工守则》2005 年在中国出版以后，现在已经是第 20 次印刷，许多企业人手一册。哈佛大学出版社正在组织翻译《德胜员工守则》，准备在全球发行 1000 万册。哈佛大学认为，这样一部深刻反映中国人性的管理守则，要比那些花里胡哨的管理理念的堆积，更能反映中国的管理实践。

德胜没秘密，规则一目了然，考核一目了然，关系一目了然。执行程序让公司关系变得简单。只有不断地按程序办事，才能消除误解，才会使人与人之间相处得更简单。程序又是时时刻刻随着环境的变化而变化的。什么时候执行了程序，什么时候管理就到位了；什么时候执行了程序，什么时候就没有了腐败。公司没有腐败，不敢拿回扣，一方面是因为员工有高尚的情操，一方面是因为有了程序和制度的保障。

── 整体人，永恒的报酬递增

别用标准来扼杀生命

有一个古老的希腊故事。一个狂热的国王有一张漂亮的金床，非常珍贵，上面镶嵌着数千颗钻石。那位国王是一个数学家，经过非常精确的计算才做出了那张床：他量了首都全体市民的身高，然后将总数除以市民的人数，得出了一个平均值。依据这个均值，他让人打造了这样一张标准床。在国王眼里众生平等，他要让他的臣民都能适应这张标准化的床。

每当臣民来到皇宫，他都用这张床来招待他们，但他有一个特殊的规定：客人必须适合这张床，当然，这张床是无价之宝，它不能有任何改动，但客人必须按床的大小来削切或拉长。如此一来，就变成了床不是为人而存在，倒是人为那张床而存在！

首都有小孩、年轻人、老人、侏儒、巨人，但是整个首都没有一个人的身高正好等于国王算出的平均值。符合平均标准的人是不存在的，符合平均值的人是一种虚构。

因此，不管什么样的人，作为国王的客人都要遇到麻烦。如果他比床短，那么国王就让粗壮的角力士将客人拉成和床一样长；如果他比床长，就会把他截断。于是，所有进入皇宫的臣民都死了。但那不是国王的错，他是带着世界上最好的意图来做这件事的：让他的臣民享受一下钻石金床所带来的尊崇与幸福。

国王用标准来扼杀生命，但是他却怀有很好的动机。这个国王的做法代表了对秩序的一种尊崇态度。一旦有了尊崇的标准,势必将错过生命本身。生命是广袤无垠的,无法被任何标准所容纳,用某一个定义来界定生命那是不可能的。

心理学研究表明,我们的感官不仅仅是门户,它们同样也是卫兵。97% 的信息被拒之门外,只有 3% 的信息获准渗入。任何与你的人生观相抵触的东西都会遭到拒绝。

现实生活中没有善良的人会像国王那样直接残害生命,但是却有大量的人用过去的标准来扼杀我们身体内蕴含的潜能,会毫不留情地扼杀具有无穷潜能的地头力。我们习惯于作茧自缚。而地头力是不可以被框定,不可以人为地去做作茧自缚。一个人身上所蕴含的无意识的潜能,有着比有意识的显能高 3 万倍的能量。

地头力重点在于如何激发起一个人的潜能,如何使得公司能够站在一个足够高的势能强的地点,来驾驭这个能量世界。

如果把这个问题推给庄子,他会淡然一笑:"鱼生于水,人生于道。"

曾经有一条小鱼非常困惑。她听说过那么多海洋的事情,她想知道海洋到底是什么。她去问了一条又一条聪明的鱼,她去寻找了一位又一位师傅。师傅们说了许多事情——即使师傅自己也不懂海洋是什么,他也要说些什么来维护师道尊严。他们说了许多关于海洋的事情,但那条较真儿的鱼还是很茫然。

一个师傅说:"太远了,要到那里很困难,极少有鱼能到达海洋。别傻了。你必须为此准备几百万世,这不是一件平常的事,它是一项伟大的任务。首先净化你自己,跟着我练静心吧。"

　　有个师傅说："这没有用。走佛教的路吧，佛教的八戒会有帮助——首先完全地净化，没有不纯的东西留下，到那时你才会被准许去看海洋。"

　　又一个师傅说："你要学一点起码的线性规划，跟着我搞ERP吧，我会教给你资源综合利用的最新法门。"

　　这条鱼对所有的答案都不满足。她找了又找，翻查了许多经文、许多教条，询问了许多空谈家、医生、管理学家，拜访了许多修行者，但是，她变得越来越困惑。海洋在哪里？

　　有一天她碰到一条鱼，一条非常普通的鱼。这条鱼叫庄子，他说："别疯了，别傻了。你已经在海洋里了，你在周围看到的一切就是海洋。它不是非常遥远，它就在近旁，那就是你为什么看不见它的缘故。因为要看一种东西，距离是必须的；要有一种透视，空间是必须的。它是那么近，你无法看见它；它在你外部，它在你内里，你只是海洋中的一个浪花，是它的能量的缩影。"

　　较真儿的鱼已经被灌输了太多观念，她不相信庄子。她说："看来你是疯了。你跟我一样普通。我拜访了许多师傅，他们都说它非常遥远。首先你必须净化，做瑜伽，修炼戒律、性格、道德，有宗教信仰，通过许多仪式，那样在几百万世之后它就会出现了。"

　　但庄子是真实的。鱼生于水，人生于道。海洋就在你周围。你在其中，你不会是别的样子。庄子没有途径，没有途径就是他的途径。你已经在那里了，所以"途径"这两个字就变得没有意义。事实上，有一条途径甚至是危险的，因为你或许会走入歧途。庄子说：那些遵循途径的人将会走入歧途，渐渐、渐渐地，他们将会越走越远离他们自己。真理就在当下。

庄子说：张无忌是个整体人

金庸在《倚天屠龙记》中塑造了一个与众不同的英雄张无忌。张无忌个性比较复杂，也比较软弱。他较少英雄气概，和我们普通人更加相似些。正是这样一个人，却阴差阳错，学会了乾坤大挪移。乾坤大挪移的心法，实则是运劲用力的一项极巧妙的法门，根本的道理，在于发挥个人本身的潜力。每个人体内潜藏的力量本来是非常庞大的，只是平时使不出来。但每逢紧急关头，功力自然启动，可以把周边所有的能量都为我所用。"天之道，损有余而补不足，是故虚胜实，不足胜有余。"其理寥寥数言，但气效极巨，正所谓"大道至简"。

在中国如果想成为一名成功的政治领袖，第一个条件是"忍"，包括克己之忍、容人之忍、以及对付政敌的残忍。第二个条件是"决断明快"，善于单刀直入。第三是极强的权力欲。张无忌半个条件也不具备。张无忌武功盖世，潜力巨大，内力深厚，又宅心仁厚，为人谦和，不强求他人，见好就收，知足不辱，对于绝世武功并不贪图。而且他对于学武也只是为了帮助他人与保护他人，并不想去与人争斗，淡薄名利，与人动手过招总是给人留有余地，并不下重手，以德报怨。朱元璋想要明教教主的位置，他就拱手相送，甘愿做一个布衣。

除武功之外，张无忌还得到"蝶谷医仙"胡青牛的真传，深知医理，懂得天下任何毒药、解药，平生救了无数人，无论是敌人、友人还是仇人，张无忌都一一解救，可以说是一位悬壶济世的名医。

从通常的角度看，张无忌有点呆头呆脑，甚至可以说是呆若木鸡，与一般人心目中的英雄形象大相径庭。如果我们请庄子来评价张无忌，他会说张无忌不过是个整体人。

庄子本人就是一个自由的自然而然的整体人。整体人，是与自身巨大潜能和谐相处的人，是意识的亮度很高的人。在庄子看来，唯有整体人才能驾驭这个能量的世界。人的能量本来是惊人的，但它在争斗中被挥霍了，在分割你自己并从两边拉扯的争斗中被消耗了。接受，接受万物存在的本相，这就是驾驭能量世界的基础。庄子说，不要对任何人说你应该做这个，你应当做那个，你不应该像这个样子。这是危险的。你只要遵从一件事，那就是你的本性，无论它通向何方，信任它。

庄子强调的是无为。有为当然能做成事，但无为能做成的事更多；许多事可以通过意志来做成，但更多的事可以通过没有意志来做成。无论你通过意志做成什么，总是会成为一种负担，一种冲突，一种内在的紧张，你随时都有可能失去它，它必须被持续地保持着，保持它需要能量，保持它最终会把你消耗掉。只有通过无为得到的才永远不会成为你的负担，只有不成为负担的东西才能真正成为你的东西，才能永远永远与你在一起。

张无忌绝对强大，因而他没有愤怒。当能量不被分割时它是如此的强大，如此势不可挡，以至于别人即便以怨报德，张无忌也丝毫不愤怒。越是强大，就越是平和。越是软弱，就越是愤怒，就越是贪婪。软弱者需要用贪欲来保护他自己。

在庄子看来，张无忌是一个内心安然的人，一个整体的人，也是个自由人。他不去"赞成"或"反对"任何一个教派，他平和、闲适、自在、放松。这就是判断标准。张无忌在任何一个环境中，都会阴差阳错地找到适合他自己的事情，他不会一味地听从权威的声音，因为他知道那些法则不适合他。

张无忌生于道，活于道，死于道。他就是一个平常人。正是这样的平常人，才能够最终修得"乾坤大挪移"。地头力也是这样。要激发自己的潜能，驾驭能量世界，首要的是守住事物的平衡。要居中，活中，平衡，和谐。居中和活中，才会不僵硬；平衡和谐，才会应和大气，顺其自然。

庄子是自由的。他给世人的告诫是：轻松些，一直轻松下去，你就对了。他给予世人最根本的东西，而不是具体的指点。轻松的正确方式是忘掉正确的方式，因为你如果过分执著于正确的方式你就会变得不自在。

公司的业务现场是革命发生的地方

庄子提出的培养整体人说，已经为越来越多新的科学发展所证实和接受。

哈佛大学柯伟林教授 2010 年 2 月 26 日在中国企业家亚布力论坛上发表演讲，就提到了这个问题。他说 100 年前全球大学排名次，哈佛大学榜上无名，在世界排名前 10 位的大学中，德国大学占 8 席。现在的全球前 50 名大学中，德国一所也没有。这反映了什么？反映了大学排名太过无聊！它们衡量的东西太多了，其中最重要的是科研和规模，但却不重视教学水平，不重视教育，不重视学生学到了什么，以及如何学到知识。这样的大学就偏离了教育的本源。柯伟林讲，大学教育的根本方法还要从中国古老的教育传统中去寻找。

柯伟林没有说出这个中国古老的教育传统是由谁开始的，我看是人类自古就有的，只不过庄子第一次对它作了明确的概括和阐释。在庄子丰富的寓言里，我们领悟到：

教育就是培养出一个整体人，自由的人。这就是自由的教育。这个自由并不是指在保守和自由之间选择，而是说一个自由的个人，应该是一个好奇的、能够不断思考的、而且不断提出疑问的完整的个人。

庄子还有更多的同盟者。米歇尔·沃尔德罗普，一个科普作家和资深物理学博士，他就以新的科学进展，展示了庄子自由的整体人思想。

米歇尔·沃尔德罗普在《复杂》[1] 的第一章写了一个爱尔兰的理念英雄布赖恩·阿瑟。几年前博士毕业、年轻气盛的阿瑟，自视甚高，不安分在加州理工大学跟从经济学主流，而尝试去掺和到那些模糊不清的、半想象式的科学革命中去。他感觉很有成就了，于是回伯克莱跟他的教授和系主任约好见面。他对此次见面很期待。因为如果一切进展顺利，他将可能在伯克莱任教，从事他的研究。从边缘重新走进主流，这是他一直以来的梦想。

坐落在奥克兰北边的山坡上，与旧金山市隔着海湾相望的柏克莱，是个充满进取精神、生机勃勃的地方，那儿工作生活着各色人种，大街上人声鼎沸，漾溢着鲜活的思想。在伯克莱，阿瑟获得加州大学博士学位，与现在的妻子相识并结了婚，他还在经济系做了第一年的博士后。在他看来，他所有生活和工作过的地方中，只有柏克莱是他的家园。因此这一天他早早到了事先约好的学生俱乐部。在等待那两个大人物出现时，他开始梳理起自己的思路来。

麦肯锡提供的一份暑期工作使他得以深入到一家德国公司中，从而改变了他对经济学的看法。当他面对复杂的真实世界时他才发现，他在学校

---

[1]《复杂》:（美）米歇尔·沃尔德罗普著，陈玲译，生活·读书·新知三联书店 1997 年 4 月出版。

里花费了那么多时间掌握的漂亮的方程式和花哨的数学仅仅是工具——而且是作用很有限的工具。最重要的是一个人的洞察力，看到事物之间相互联系的能力，这与大学里学到的线性思维或逻辑思维无关。

这段经历让他对经济学大为失望。在柏克莱的教室里，经济学就像是纯数学的一个分支，而作为经济学基础理论的"新古典"经济学，已经把这个多姿多彩而又错综复杂的世界简化成了用几页纸就能写尽的一系列狭隘、抽象的法则。所有的教科书都充满了数学等式，人类所有的弱点和激情都被滤去了。最优秀的年轻经济学家们好像都在把自己的学术生涯献给对一个个定理的证明，而不顾这些定理和现实世界是否有任何关系。

运筹学硕士和博士的学习经历，让阿瑟看到了广域科学的进展。

科学家们整整花了 300 年的时间把所有的东西拆解成分子、原子、核子和夸克后，他们现在又开始把这个程序重新颠倒过来。他们开始研究这些东西是如何融合在一起，形成一个复杂的整体，而不再去把它们拆解为尽可能简单的东西来分析。他们认识到，这是个能量的世界，能量是一个没法精确测度的整体。

生物学家们花费了近 20 年时间来揭示脱氧核糖核酸的分子机制，以及蛋白和细胞中其他元素的机制。目前他们已经开始探索一个最根本的奥秘：上千万亿这样的分子是怎样组合成一个能够移动、反馈和繁殖的整体？

神经学方面的科学家、心理学家、计算机专家和人工智能研究人员们正努力想弄明白心智的本质：我们头颅里几十亿个稠密而相互关联的神经细胞是如何产生感情、思想、目的和意识的？

物理学家们正在努力建立混沌的数学理论，研究无数碎片形成的复杂美感、以及固体和液体内部的怪诞运动。这里面蕴藏了一个深奥的谜：为什么受简单规律支配的简单粒子有时会产生令人震惊的、完全无法预测的行为？为什么简单的粒子会自动地将自己组成像星球、银河、雪片、飓风这样的复杂结构——好像在表达一种对组织和秩序的隐匿的向往？

这些新发展无所不在。老的科学分类正开始解体，一个全新的、整合为一体的科学正期待着诞生。阿瑟相信，这将是一门严谨的科学，就像一直以来的物理学那样"坚实"，那样完全建立在自然法则之上。但这门科学将不是一个对最基本的粒子的探索，而是对关于流通、变迁，以及模型的形成和解体的探索。这门科学将会对事物的个性和历史的偶然性有所探究，而不再对整体之外的和不可预测的事物忽略不见。这不是关于简单性的科学，而是关于复杂性的科学。

无论你喜欢也好、不喜欢也罢，这个世界是不稳定的，它充满了进化、动荡和令人吃惊的事情。经济学必须将这些动荡囊括其内。现在，阿瑟相信他已经发现了能够使经济学做到这一点的方法，并将之归结为一个叫做"报酬递增率"的原则，用通俗的话讲，就是"拥有者被施予"，或"拥有者获得"，或"马太效应"。阿瑟确信，报酬递增率将成为全新经济学的基础。

但是很不幸，他没能让其他人相信他的报酬递增率。他的理论遭到了猛烈的攻击，深深的挫败感和孤独感一直裹挟着他。他需要同盟者，需要能够敞开思想、听他说话的人。这个愿望和他想回家的念头一起，成为他重返柏克莱的理由。

两个贵宾来了，三人就坐在学部的俱乐部里吃三明治。汤姆·罗森堡，曾经教过他的教授之一，问他："告诉我，布赖恩，你这一向都在研究些什么？""报酬递增率。"阿瑟给了他一个简短的回答，既然提到了这个话题，他准备就这个话题展开讨论一下。

"但据我们所知，报酬递增率并不存在。"经济系主任阿·菲什洛面无表情地看着他。

"而且，即使它存在，我们也不得不宣布它不合法。"罗森堡笑嘻嘻地接过话头说。

然后他们都笑了，并不是恶意的。在他们看来，这只是件无关紧要的小事。但这笑声不知怎地却整个粉碎了阿瑟虚幻的期望。他呆坐在那儿，一句话也说不出来。这是两位他最敬重的经济学家，但他们根本不听他说话。阿瑟突然感到自己既天真又愚蠢，像一只因为知之甚少所以才会相信报酬递增率的雏鸡。柏克莱之行粉碎了他最后的希望。

这不是阿瑟敏感，两个亲近的教授也绝不想伤害他，但是一个随性的玩笑，却把两个显要人物的潜意识表露无遗。对阿瑟来说，不需要更多的表白，他的直觉一下子就抓住了两个人无意中表达出来的实质。

阿瑟的"杯具"是自己一手造成的。他已经处在了混沌的边缘，那里是一切革命的爆发点，而他却竟然想回到象征稳定和地位的伯克莱，去推销颠覆伯克莱的炸弹，如何能够得到那些注定被毁者的赞同？在这一点上，他还比不上他夫人豁达。

当他垂头丧气回到家的时候，迎接他的夫人笑着说："如果每个人一开始就相信它，那就不是一场革命了。"

确实，阿瑟所从事的是一场颠覆既定权势的工作，他却不由自主地去寻找被颠覆权威的理解和庇护，当然不可能有共鸣。阿瑟这些年一直在从事复杂系统自发性自组织的课题，研究这些复杂的、具有自组织性的系统是如何自我调整的，这是混沌科学的一个分支。阿瑟自己就是一个复杂系统。如今的阿瑟自己跟他所从事的科研一样，深陷混沌的边缘。

迄今为止我们所说的科学，基本上是指由培根、牛顿、伽里略、笛卡尔等开创的，近三四百年内发展起来的一整套观点、方法、学说，通常被称为近代科学。近代科学的精确完美吸引了无数科学家为之奋斗终身，我们自小学开始学习的科学知识，绝大部分都立足于这个体系。

20 世纪刚开始，相对论和量子力学就对牛顿力学所代表的宇宙观提出了尖锐的挑战；20 世纪三四十年代，从贝诺朗菲的一般系统理论，到维纳的控制论、香农的信息论，一系列新学科出现了；到了 20 世纪后半叶，混沌、分形、复杂性以及 DNA 结构的发现，大爆炸宇宙学的提出等新的研究学说的出现，为近代科学引发了一场深刻的变革。研究复杂性系统的混沌科学一时走俏。

复杂性系统都具有将秩序和混沌融入某种特殊的平衡的能力。它的平衡点，即常被称为"混沌的边缘"。那是一个系统中的各种因素从无真正静止在某一个状态中，但也没有动荡至解体的地方。"混沌的边缘"就是生命有足够的稳定性来支撑自己的存在，又有足够的创造性使自己名副其实为生命的那个地方；"混沌的边缘"是新思想和发明性遗传基因始终一点一点地蚕食着现状的边缘的地方。在这个地方，即使是最顽固的保守派也会最终被推翻。

"混沌的边缘"是一个经常游移在停滞与无政府两种状态之间的战区，这便是复杂性系统能够自发地调整和存活的地带。阿瑟的经济学研究已经行进到这个生机勃勃的"混沌的边缘"，他为其中所蕴含的美丽和伟力感到震撼，他要与人分享，但是却找错了对象。

阿瑟的"杯具"是他自己一手造成的。他不该到超稳定的中心去寻求支持，而应该到公司运作一线这个"混沌的边缘"去寻找同道。他的同道在万千企业人中。

这个混沌的边缘，就是公司的一个个业务现场。这里有总裁或 CEO 的现场，是战略把握的现场，决定我是谁、要去哪里和怎么去的问题；这里有营销总监的现场，是决定营销策略、渠道策略和品牌建设的地方；这里有技术研发员的现场，是决定技术的走向和进境的地头；这里有生产制造的现场，决定产品的品质和安全；这里有客户服务的现场，是决定客户对公司最终评价的地头，等等。

混沌的边缘——现场，会颠覆许多事，是一切革命发生的地方。在现场，即便是最保守、最顽固的官僚，也会被最终改变；在现场，即便是再不可一世的独裁者，也不得不接受现实；在现场，即便是再稚嫩的后生仔，也可以蜕变为杰出的领导人。在现场，个人和公司地头力才能够得到整体释放或爆发。个人和组织网络的力量是无法穷尽的，公司运作就是驾驭更广域的能量，用无穷小的消耗，获取无穷大的收益。地头力就是这样一门讲述报酬递增率的学问。

在现场这个"混沌边缘"发生一刻接一刻的复杂、调整和剧变，使越来越多企业人确信，在一系列逻辑类推之外肯定还有更多的东西存在。他们有着深深的敬畏，敬畏众多因素交互作用所形成的场与一个个整体人的作用与反作用，会形成一系列新的意识和行为。唯有在现场主动去捕捉这些新意识和新思想，才会使我们得以从过去无人知晓的角度和深度来认识这个自发、自组织的地头力世界。

任正非：要深刻理解开放、妥协、灰度

《西游记》里的孙悟空是一个神通广大、本领高超的人物，他能七十二变，变虫、变树、变鬼怪；还会腾云驾雾，一个筋斗可翻出十万八千里外。他在广阔天地里从心所欲，是自由的化身。经营企业，就是要造就一大批孙悟空，能够上天入地完成使命。

任正非是中国最具思想力的企业家，他一直向往着孙悟空从心所欲不逾矩的境界。他一直在摸索和思考的问题是，如何造就无数个"从心所欲不逾矩"的孙悟空。只有如此，华为这个后来者才有可能在已经排定座次的全球化盛宴上，占有一个座位。

任正非对老子和庄子有着深深的感悟，同时又对米歇尔·沃尔德罗普的《复杂》深感共鸣和共振。2010年他的文章《管理的灰度》，提出了一个在混沌和颤抖中把握平衡和节奏的新视角。

这是很多错误和失败的精华

在2010年开年的元旦献词中，任正非提出一个重要的观点：过去一年强化授权一线决策团队取得重大进展；这个地球上没有什么东西能够阻碍华为的前进，除了我们的内部腐败。在任正非看来，官僚气、牛烘烘、推诿，是可以把华为从地球上抹掉的内部腐败。

从任正非提问题的角度看，华为在推行授权给一线团队的管理改进中，遇到了一些阻力。于是，经过深入思考，任正非又推出《管理的灰度》，来进一步阐释华为管理改进的方略。

任正非是这样概括华为这场管理改进的："我们提出了以正现金流、正

利润流、正的人力资源效率增长，以及通过分权制衡的方式，将权力通过授权、行权、监管的方式，授给直接作战部队，也是一种变革。这次变革，也许与二十年来的决策方向是有矛盾的，也将涉及许多人的机会与前途，我想我们相互之间都要有理解与宽容。"

是的，每一个人具有整体性，每一个人都是才智俱足的，每一个人都富有创造性。而且，每一个行为都有一个正向的意图。而在管理变革期间，人们往往会忘掉这些基本点，而局限于对自己利益的考量，不去考虑他人行为的合理性。故此，任正非强调非此即彼的思维方式是有问题的，不能期望每个时点都有划一的清晰，更不能期望真理是一条直线，要接受它可能是曲线的，甚至是一个圆圈。每个人在这样复杂的情势中，要保持足够的宽容、妥协或灰度。宽容别人，其实就是宽容我们自己。多一点对别人的宽容，我们生命中就多了一点空间。

在任正非看来，"妥协"其实是非常务实、通权达变的人生智慧。真正的智者，都懂得在恰当的时机接受别人妥协，或向别人提出妥协，毕竟人要生存，靠的是理性，而不是意气。妥协是实现职业化的必要途径。任正非给出了对职业化全新的定义，同时以此为他管理改进的总纲：

"什么是职业化？就是在同一时间、同样的条件下，做同样的事的成本更低，这就是职业化。市场竞争，对手优化了，你不优化，留给你的就是死亡。思科在创新上的能力，爱立信在内部管理上的水平，我们现在还是远远赶不上的。要缩短这些差距，必须持续地改良我们的管理，不缩短差距，客户就会抛离我们。"把职业化定格为每时每刻以最低消耗取得最大成果，以此为管理主旨，任正非与稻盛和夫异曲同工。

"变革，多少罪恶假汝之名而行。"

作为企业家，任正非当然知道变革其中的利害。为此，他提出管理改进中的"七反对"原则："坚决反对完美主义，坚决反对繁琐哲学，坚决反对盲目的创新，坚决反对没有全局效益提升的局部优化，坚决反对没有全局观的干部主导变革，坚决反对没有业务实践经验的人参加变革，坚决反对没有充分论证的流程进行实用。"

任正非的"七反对"很有意义。这七种情形是管理变革的大忌。这个实干家知道，"完美主义"是扼杀管理创新的，"繁琐哲学"是要让改进搁浅的，"盲目创新"是自杀，"局部利益"是魔鬼，主政者"胸无全局"是自残，"空谈理论"是大忌，没有充分论证的流程是短命的。任正非使用"坚决反对"这样的字眼，足见他对这七种情形的深恶痛绝。那是一次次失败的创新和变革的精华。

在他的"七反对"里，重点是变革的"灰度"和"规矩"。用他的话说就是，"我们只能用规则的确定来对付结果的不确定"。而这样做的目的只有一个，就是在华为打造出无数个"从心所欲不逾矩"的孙悟空，让他们在自由中获得发展。

任正非特别珍惜与看重那种在一个个关键现场的自由。为了达到那种化境，他知道："管理上的灰色，是我们生命之树。我们要深刻理解开放、妥协、灰度。"

我相信，任正非的探索是具有深远意义的。而与此同时，一大批中国公司都在做着积极有意义的管理探索。我把它概括为以地头力为基础的管理变革。任正非有他喜欢的称谓，德胜洋楼的聂圣哲有自己的方式，海底捞、阿里巴巴、百度、远大、伽蓝、乾元浩、依文、当代科技等等，都有自己的视角和提炼。我们走在一条共同的管理创新的大道上。

　　一如艾路明所说，"一个国家管理变革，将是这个国家最基础的变革。"因为管理方式是每个人的呼吸和饮食。这是在开拓管理学的新维度。自牛顿时代以来，一种线性的、细分还原论的思维方式，一直统治着管理学。在现场这个混沌边缘，一种圆融的意识正在形成，一种新的视野正在展开，一种新的能量正在聚集，一种从心所欲不逾矩的局面正在呈现。一切有形者，经这里塑造；一切无形者，在这里形成。

地头力歌谣

> 无上甚深微妙法，百千万劫难遭遇。我今顿悟得受持，愿拱地头真实义。
>
> ——钱龙仿《开经偈》

　　在第二部分我们试图多次阐释地头力，每次我们都能感觉到一点特别的东西，但是我们每次都不能确认，这就是地头力。这种感觉和状态，没有办法通过理论和言语所表达出来，一如没有任何语言能够传递出走钢丝者的感受一样。地头力却在王芗斋的大成拳中找到了共鸣。

　　大成拳亦强调天、地、人相通，方可意不使断，神不使散。意力圆满，应感而出。动微神全，以天合天。功不在深，在懂在明。力不在大，在变在整。弹缩均衡，变幻无穷。这种意境，也就是我们开发地头力的意境。王芗斋的拳论，为阐释理解地头力提供了许多有益的启示，如果读者有心，可以返回头去认真体会一下大成拳的拳论，再结合地头力的若干特性，定会有茅塞顿开之感。

综括前文关于地头力的阐释，可以仿照大成拳用以下歌谣来表示：

地头力歌

地头力，极容易

找地头，随心意

风中旗，有天趣

水中鱼，真自在

用功时，莫着急

精气神，清静归

天空阔，涤万虑

微细处，长汇集

本能涌，学试力

任自然，走轻灵

透末梢，生均整

恭慎诚，互为根

人法地，地法天

天法道，道自然

part three 地头力在东方的土地上茁壮成长

带　着　爱　去　工　作

地头力就是问题一冒头就把它敲掉。这是头脑的智慧、身体的智慧、场域的智慧三合一的整体呈现。在概念满天飞的时代，如何把地头力植入中国企业中去呢？重要的是要从权威文化转移到启发性的教练文化，创造出一种可以活用头脑的智慧、身体的智慧、场域的智慧的"场域"。

— 地头力的活样本：腰刀匠人

在中国传统的十八般兵器里，排名第一的就是刀。刀为百兵之帅。历史上，刀带给人类的，绝大多数都是流血和死亡；但在中国的西北有一个民族，却是因为刀而得以繁衍生息，发展壮大。这就是保安族和保安腰刀。保安腰刀被选为 2008 年北京奥运会贵重礼品，赠送给了奥运会的尊贵客人。

66 岁的保安腰刀匠人赛吉，从 12 岁开始打腰刀，至今已经有 54 年。他知道什么是"本真"。有一回，一个记者去采访腰刀店的老板，想知道保安腰刀的制作工艺。老板便把在后院干活的赛吉给找了来。赛吉有话直说，就有了下面这篇自述。赛吉不仅把保安腰刀制作的工艺说清楚了，同时也说明了这个民族的生命力所在。这篇自述语言生动，说事明白，说理透彻，足可以成为反映中华民族精神的经典桥段。

赛吉口述：腰刀就是一条命

我做刀子是祖传的，小时候就跟大人做刀子。一开始太小，大人不让碰。儿子娃 12 岁就长齐全啦，手上劲长足啦，大人就叫上打下手。拉风匣，敲打刀坯子，都是些粗活，大人忙不过来。敲打好的刀坯子还要打磨、磨光。复杂活儿大人自己做，让娃娃看。

手艺儿活是看下来的。大人不动嘴，只管用你，你反应不过来，就是一巴掌，火辣辣的疼，大人说这是给铁加热哩。这灵得很，下回你记得牢牢的，脸上发烧，记性就格外的好。你不能指望大人回回扇你耳刮子。逢到该记的地方，脸自动就烧起来啦，脑子特别清楚，清得跟水一样，你想记啥就能记啥。

大人看起来粗拉拉的，实际上是有意识指教娃娃要细心。大人从来不明说，叫你慢慢琢磨，大人的心思都是在汗水里琢磨透的。娃娃的心每细一下，大人就教你一样东西。大人从来是动手不动嘴，最多是说，赛吉，把锤拿过来。不用问，教你使唤铁锤哩。

大人先抡上一气子。你细心地看大人咋抡起，落下，铁锤的轻重一下跟一下不一样。敲打的材料也在不停地翻，要看准哪个部位用力砸，哪个部位轻轻敲，越要紧地方用力越轻，有时候你看着心急，哪是铁锤打铁？是拿舌头舔哩。材料被舔得浑身发抖。材料是加热的钢板，一块钢就这么轻轻地抖啊抖啊，轻飘飘的跟纸一样跟鸡毛一样，眼看着钢板要飘起来啦。

钢到底是钢，咯喵翻个身，一下把大人逗燥了，铁锤跟炸雷一样落下来，钢板被打得连头都不敢抬，一动不动贴在砧子上硬捱。这时候，大人就会说：赛吉你来试一下。大人要喝水要吃烟，娃娃打下手嘛，要有眼色，赶紧接过铁锤，把大人做过的活仔仔细细重复一遍。大人呢，连看都不看，只管喝水吃烟。可你发现没有，大人拿脊背看你哩，大人的耳朵跟雀儿一样，细细地听哩，凭响声就知道你娃娃敲打得对不对路数。

你以前挨过大人一巴掌嘛，那个大巴掌已经刻在脸上啦。平时看不着，脸一热就出来啦，灵得很。你得把心提到喉咙眼，心细得啊，细得跟无常鬼一样能钻针屁眼。你可以放胆子抡圆铁锤，好活就出来了。不用大人说，你自己心里慢慢就亮清了。钢是铁里头打出来的。人是铁嘛，大人得亲手把里头的杂质打出来。啥时候娃娃有个样框，大人才能松一口气。娃娃软和，娃娃的样框是从大人的模子里倒出来的。女人生娃娃，男人管娃娃。管教娃娃操心得很。女人的累看得见，男人的累在心里头。我有了娃娃才体谅出我家大人当年的苦心。为给娃娃一颗精细的心，大人自己的心都操碎啦，成碎渣渣啦。

学手艺得要五六年。从十二三岁学手，到十八九岁，才能让胸腔里那块肉细致起来。心里有了，啥就都有啦。就会明白人一身的力气不在手上脚上，在心里头。从心里发力，手才能摸对地方，摸出门道。铁锤是从心里抡出去的。

会使锤是第一步，接下来是掌握火。材料加热才能用，火太大太小都不行。眼瞅着火发红发白，要瞅到火心里去，掌握火心。

我算看透啦，世上东西没啥差别。我是做刀子的，刀子就是一条命，经我的手，它就活起来啦。刀子是咋活起来的，我自己清楚。我把一块钢板拿手里，我的心就搁进去啦，我把它摸得透透的，我不能胡来。一件活有一件活的规矩。料在匠人手上，不管点火加热，它先在匠人手上变热变软。匠人要做一件活，先把料掂一下，凭经验这么一掂，心里就有七八成把握了。料已经有了一口气，是匠人给它吹进去的。

等火升起来，匠人就抛开钢料，一门心思弄火呀，得把火调理好，把钢板放进去，匠人的心也就进去啦。一团大火和火中的钢板跟木偶一样听匠人调遣。往火炭里吹风，吹多大，火心要虚，虚多大空间，空间大小不同出来的火焰强弱就不一样。钢料不能猛热，要均匀。加热好的钢料搁在铁砧上，就开始敲打。用锤很关键，匠人对钢料对火的把握就靠铁锤来敲打，使不好铁锤对钢料和火的心就算白用了。巧妙的敲打就把匠人投放到钢料炭火里的心劲固定下来啦，其实，铁锤上也悬着匠人一颗心哩。匠人几个地方用心哩。几颗心一齐上劲，刀子就出来啦。这还不行，还要淬火哩，就是醒水，太硬就会炸开，太软又不锋利，不软不硬、韧中带刚才能把刀子的脾性发挥出来。淬过火的刀子才是真刀子。你看一个匠人，得操几个心，人家说水火不相融，你要把水火融到一搭，钢铁，炭火和水，你总是把心悬得高高的。

你过积石峡没？过了就好。你知道积石山为啥那么险吗？积石山硬生生是让大禹王给劈道缝，弄出这么凶险的一道景致。按老辈人的说法，那不是白白给世人看的，是教世人咋做事咋活人哩。这么给你说吧，我们保安族几百年前从青海流落到大河家，落到积石雄关下，黄河水边边。你看那积石山，寸草不生，红彤彤跟堆炭火一样，黄河水就贴着山根淌，清清的，上天硬是把一堆炭火一河清水揉在一搭，这是上天教保安人咋做事咋活人哩。保安人就靠这山这水的灵性做刀子哩。我给你这远路客谈了这么多刀子，其实就一句话，要有一颗精细的心才能做出刀子。保安人的心是积石山锤炼出来的，是黄河水淬过火的。

你看匠人打磨刀子，又是磨又是凿，又是雕图案，那都是外边的样子。刀刃太硬就刻不出来，太软，啥图案都能上，又好看又花哨，可就是刀刃不利。软硬要合适，能刻上图案，但不能太多，匠人一下手就知道这把刀不是好唬弄的，得给它上一二盘精致的菜，刷刷几下就行啦，等于给刀刃安了一对威武森煞的眼睛。锋刃咋样才算利，我这么给你谈吧，不用热水蒙，不用上香皂，直接上刀，刮胡子，铮铮铮跟麦客割麦一样。

保安腰刀老样子的有一把手、什样锦、马鞭刀，这都是流传几百年的刀子，性能好，结实，看着有点笨，可实用呀，中老年人喜欢，一般人还是喜欢一把手、什样锦。年轻人喜欢美观漂亮，造型要好，时髦，这几年就推出了些新样式，像珠算刀、甘沟刀、尕角刀、马头刀。年轻人挂在皮带上当装饰品，看着威风。

你问我什么时候带徒弟，18 岁出师那年就带徒弟啦。有亲戚的娃娃，有朋友熟人介绍的，到了二十七八岁，名气出去了嘛，就有慕名投师的。手艺人，很看重远路来投师的学徒，这是一种荣耀，跟教自己的孩子一样教徒弟。徒弟多啦，有保安族、回族、汉族、东乡族，来者不拒。我最满意的徒弟叫马穆撒，保安族，26 岁，是个哑巴，聪明，悟性好，带这样的徒弟，不但不累，而且解乏。教他一点一点就通，通得很透，出乎你的意料，你能不高兴嘛。他的刀打得好，最好的是刻图案，星月一把手，连花鸟都刻上去了，花鸟过去的刀子上没有呀。刀是杀生的，是武器，这个哑巴马穆撒把花鸟刻在冷峻峻的锋利的刀刃上，味道就不一样了。这种刀子难度大，都是订做，一年有个定量，多了就滥啦。

手艺活儿是看下来的

"手艺活儿是看下来的！"一句话透露着一览众山小的霸气，说出了保安腰刀的全部真意。

在赛吉看来，腰刀里宿着生命，打造腰刀不是一般的技艺，是一种孕育生命的艺术。赋予一块铁鲜活的生命，是如此精致和微妙，以致没有什么能够有意识地去做，你只需靠近和汲取，必须吃进去，成为你的血与骨。灵气在你的内在流动，被你吸收，并成为你内在的一部分。

你在赋予腰刀生命和灵气的同时，腰刀也赋予你生命和灵气，赋予你厚重的人格，提升了你的心志，点亮和提升了你意识的亮度。赛吉将自己的一生赋予腰刀，腰刀也给了他不一样的生命。我们现在看他的自述，都能感受到那种喜悦、平和、爱的流动。他跟梓庆、轮扁一样，即便在帝王面前，也显示着他们的高贵和不凡。这种人格是由于他们专心致志地献身一项工作所带来的。

腰刀匠人在给我们展示着工作的意义。这里没有苦役，没有脏乱，没有任何一点负面的情绪或能量。在腰刀匠人赛吉看来，打造腰刀是既能磨炼艺术创造力又能磨炼心志的修行，是塑造自我完美人格的道场。

没有什么真正的艺术是可以靠语言这个"二手货"传递的。传承全凭当事人的觉悟，没有觉悟，怎么教也不会。手艺活儿是一种本能的开发训练。本能不是通过语言传承，而是通过看、悟、想、行来激活和训练。

制刀技艺不是一种简单的法门。凡有方法，便是局部，抓住方法，只是抓住局部，可谓"用力则力穷，用术则术罄"。一个人的力量和意识两个部分的有机叠加，才形成一个人的整体力量。制刀技艺就需要这样一种整体力量。

保安腰刀匠人深通这个道理。他们从来不指挥徒弟该如何如何，靠的是让徒弟自己长记性。反应不过来的时候，就是一巴掌。看上去残酷了一点，但实际上一个人从无判断力到有判断力，这是必经的过程。中国的独生子女政策，使得孩子从小就金贵起来，被与有益的劳动割裂开来。他们生下来就是为了努力学习考得好成绩，而不是在劳动中丰富和修炼自己的心志。孩子们从小就错过了觉悟自心这一门最重要的课。

娃娃是否能够去琢磨大人的心思，这是成长中最重要的一个坎儿。经由这个坎儿，娃娃懂得了这个世界就是由人们的心思组成的，琢磨人的心思，就是琢磨这个世界。这样的训练对那些都已经成人了还是只懂自己心思而不懂别人心思的人来说，是多么金贵！

娃娃向往那个成人的世界，他明白进入那个世界首先要琢磨透大人的心思。而大人的心思不在他们的语言中，而在他们的汗水中。娃娃的汗水和泪水每积累一份，他的心思也就跟着细一寸。心思每细一寸，大人就多教你一样东西。

腰刀匠人的师傅从来不直接说出对与错，他们放开了让徒弟们在细节中品味对与错，再根据徒弟品味的程度，实时用行动去点拨。别说今天一般的管理者没有这份心思，就是今天的教育家也难于与其媲美。

保安族长辈们，看上去简单粗狂，实则心细着呢。他们明白，语言上指导对错容易，而在行动中让心细致起来，可就不容易了。小孩是铁，大人要亲手把其中的杂质给挤出来。不是靠棍棒挤，而是靠心与心的感应，让受教育者自己去发现杂质，自己用他源源不断的内在能量，去挤掉杂质。

娃娃的心在学习过程中慢慢细致起来。人一身的力气不在手上，也不在脚上，而在心里头。从心里发力，手才能摸对地方。铁锤从心里抡出去，才能把料舔热，才能把料平整得服帖了！一如抡锤子，火候同样需要靠心来把握分寸。制作刀的过程，就是炼心的过程。刀成，心也成。

每个员工或每个人的原初都是才智俱足的，可惜后来各种各样的情绪如耻辱、羞愧、恐惧等小鬼出来捣乱，乱了心神，使人平添了杂质。靠外力不可能把这些杂质挤出去，唯有靠人从心里发力，才可能把这些情绪的杂质挤出去，让它们不妨碍那喷薄而出的爱与创造力。单纯胡萝卜大棒并不能奏效，还必须唤起一个人内在的觉醒。于是，企业管理在规矩和胡萝卜大棒之外，更需要教练文化，更需要建构一定的场域，让员工觉醒，调动内在的能量，挤出杂质释放创造性。

把心操碎了的企业家，我亲眼见识过两个人。一个是日本的经营之圣稻盛和夫，他几十年如一日，花尽心思打造出一个强势的场域，使得每个员工都有机会开发自己的潜能，实现有价值的人生。另一个是中国江苏德胜洋楼的老板聂圣哲。聂圣哲对中国人性和农民心理有着深刻把握，他喜欢农民的朴实爽直，他明白自己要做的就是打造一个专心致志的场。他一手制定出《德胜员工守则》，并且能够善诱员工一刻接一刻地去丰富和改善《守则》，以此形成一个积极变动催人向上的场，让那些泥腿子成为透露着智慧光芒的产业工人。

保安腰刀制造技艺之妙，全在于神、形、意、力之运用互为一致。都说水火不相容，匠人却要把水、火、钢铁融在一起。把心悬得高高的，照看着水、火和钢板，才可以把它们融到一起。这份定力，不是容易把握的。

要有一颗精细的心才能做出刀子，才能做成一件事，才能把一件事做活，才能出彩，才能赋予一个物体生命。天底下万事万物都是一条命，一条命的鲜活和精彩在于有一颗精细的心。

要想获得这颗精细的心，必须屏蔽不相干的因素，全神贯注于工作上。难怪在众多徒弟中，赛吉最欣赏26岁的哑巴马穆撒。这不是偏爱。因为哑巴听不懂，也说不出，只能靠他自己的体悟，而这是做事情的根本。不把一颗心全部揉进去，你就很难做成一件事。

保安腰刀的制刀技艺就是地头力的活样本。地头力是关乎一个人的本能，他的能力如思考力、行动力、领导力、执行力、想象力、判断力等等，都是在地头力之上生发出来的。

腰刀倾注着一个民族传承的渴望

赛吉的自述让我对保安腰刀有了更多的好奇。

保安腰刀与新疆的英吉沙刀、内蒙古的蒙古刀齐名，号称中国少数民族三大名刀。英吉沙刀刀柄华贵，镶嵌着玉石玛瑙，刀锋刀柄造型优美，有花纹，艺术夸张力强，有欢快之感。蒙古刀呢，刀锋是弯的，刀鞘华美，饰以龙、花卉等图案。

与前两者相比，保安刀显得朴实大气，刀锋笔直豪迈，刀锋刀柄相连处没有横梁相隔，直接过渡到锋刃。刀柄的华美也别具一格，一层钢压一层牛角，连压十几层。刀鞘以铜皮砸成，包以木头，刀锋入木，塞得紧紧的。保安刀整体上简洁剽悍实用，与质朴之西北风相吻合。一柄在手，一股豪气油然而生。

保安腰刀名扬西北，是从他们搬迁到了今天所处的黄河转弯处大河家开始。这个地方，历来都是兵家抢夺的要塞，战乱年哪能种庄稼呀，种下粮食，风调雨顺，军队开过去，啥都没有了。大河家这地方贴着黄河，土地肥沃，可保安人宁肯信手艺也不敢把一切全押在土地上。保安人既是农民又是手艺人，跟回族不一样跟汉族也不一样。回族种地就种地，做生意就做生意，汉族守着地几辈子不动，一有战乱就跑，战乱过了又回来收拾毁坏的家园。保安人到了大河家就再没离开过。保安人即使离开家园离开土地，凭着手艺照样能活命，一双手是自己的，是世界上最可靠的东西。

保安腰刀的优秀，从细节开始。炉温要高，选料要纯，更关键的，还是要有一颗实实在在做刀的心。保安娃娃受大人影响，学手艺很乖很自觉，在打刀的每一个环节都倾注心血，每一柄保安腰刀上，都灌注着这个民族生存发展的渴望。

关于保安腰刀流传着许多动人的故事。那些故事是一个民族精神的传承。保安族人不管从事什么营生，都要学习制刀技术。这其中沁透着做人做事的全部道理。

"我算看透了，世上的东西没啥区别！"这句保安腰刀匠人兴头上的话，无疑把这个世界的秘密宣泄无疑。制造腰刀，是保安族做人做事的必修课。懂了做人做事，一股豪气也就油然而生。能够熟练制作保安腰刀，也就能驾驭世界了。刀王就是世界之王。

1935 年出生的保安族人马吉，对此也深有感触。他父亲是铁匠，他七八岁就开始跟父亲学手艺了，打刀子也打农具，打一把好刀子要卖几十把锄头的价钱。到了十一二岁，父亲送他到学校念书，父亲很有眼光，明白保安人要有文化才有前途。1949 年他 14 岁，因为有文化，当上了生产队的会计，20 多岁当大队支书，这一当就当了 30 年。1955 年他们就把手艺好的人组织起来成立合作社专门做刀子。

历史上，保安人做刀子都是单干，一个师傅带若干个徒弟组成一个手工作坊，发展不大。1975 年，国家专门拨款 12 万元建起了厂子，原来生产队的作坊变成了一个具有相当规模的工厂，产品主要供应宁夏、甘南、青海还有新疆这些民族地区。这是个集体性质的工厂，工匠们做活不误种地。保安族的好匠人基本上被吸收到厂子里，厂里专门指定手艺好的师傅带徒弟，把手艺一代代传下去。

说是学手艺，其实学的是生活的能力。手艺教育与钱财有关，但不是全为钱财，长辈会借此把生活的全部秘密和真谛传授给年轻人。书本会教你些谋生发财的本领，而手艺则会炼你的心。只要心炼成了，没有什么事你做不了。保安族的每一个人都有权利获得这门炼心术。保安族古老的原始精神和生命真谛都在里面。

马自正，出生于腰刀世家。当改革开放的春风吹起时，沉寂了多年的保安腰刀产业如雨后的春笋，立刻红火起来。整个保安山庄几乎家家户户制作腰刀，叮当之声此起彼伏，演奏着一曲保安山庄的致富曲。当时，马自正一面上小学，一面跟父亲学制作腰刀。后来，他干脆不上学了，一心一意学习制作腰刀。起初家人都反对，慢慢地也就对他听之任之了。

或许是基因遗传的缘故吧，马自正在学习制作腰刀的同龄人中更显出聪明好学。制作一把一般的腰刀最多达上百种式序，最少也有四十多道式序，他都看在眼里，记在心上。先打坯成型，加钢淬火，然后刻花刺字，最后镶嵌磨光而成。无论工作多忙多难多累，他从不叫苦。什么"雅伍其"、"满把子"、"西螺"、"一把手"，他都在最短的时间内学会制作，还背着家人独立完成。那些制作难度高，连名字都响亮非凡的"什样锦"、"波日季"等腰刀，他都曾跃跃欲试。

成年后的马自正，更是不甘寂寞，他像一只雄鹰，飞向保安山庄之外的大千世界，告别了家人和熟悉的天地，四处拜师学艺，切磋技艺。久而久之，既开阔了他的视野，也提高了他制作腰刀的技艺。

一个偶然的机会，他听到有人说起了"折花刀"。原来"折花刀"是保安腰刀精品中的精品，是刀中王中王，已失传半个多世纪。从此"折花刀"像一块磁石，牢牢吸引了他。于是他再次四处寻访，切磋技艺，他的足迹遍布祖国的大江南北，长城内外，最后终于使这神奇的"折花刀"再次展现在世人眼前。这把具有传奇色彩的腰刀的确外观精美，钢口锋利，削铁如泥。

　　马自正现已成为保安族腰刀产业界举足轻重的人物。中央电视台记者前来采访他,并且制作成专题《再造折花刀》。此节目在中央电视台播出后,反响强烈,给关注保安腰刀的人们一个极大的惊喜。马自正已经成为保安腰刀新的传人,他的成功预示着保安族在新形势下有了一个生机勃勃的未来。也正是这个节目,让我开始关注保安腰刀,从而才有了这个诠释地头力的新篇章。

　　腰刀匠人,是中国传统技术匠人的代表。他们很少强调头脑的智慧,而是大量运用身体的智慧,他们生活在生机勃勃的场域之中,周身散发着一种迷人的气息。他们是中国地头力的活样本。

国美危机化解的出路：从心开始

以黄光裕陈晓公司控制权之争为标志的国美危机，是中国公司发展的一个标志性事件，引发各界关注。这是公司掌控的危机，这是中国民营公司发展到成熟阶段，所有问题矛盾的集中显现，具有划时代的意义。从中更可以看出这样的逻辑：追逐光环导致控制权危机；生命意识觉醒才是化解危机之道。

9·28 投票：皆大欢喜的中正

引人瞩目的 9·28 国美投票结果，虽然未满足大股东大部分要求，但是却以 52：48 票数接近的方式，形成一个"妥协"的方案。大股东的股权不会被摊薄，而现在的管理层也保持稳定。"胜出"的一方没有理由沾沾自喜，"败北"的一方也保留了足够的面子。

只有双方妥协，避免两败俱伤的格局，才符合中庸之道。无论哪一方绝对胜出，对国美公司的大局都是极其不利的。无论是大股东权益被侵害（增发），还是以陈晓为首的管理层被驱除，都会导致国美的长期波动和混乱，这是投资者、员工、协作商、社会所不愿意看到的局面。

急流勇退谓之知机。陈晓终于可以松一口气了。9 月 28 号的投票结果，是他最期待的东西。这次投票增加了管理层在未来沟通中的砝码。从这里从整体上透视这个事件的时候了。于是，我一上台就说："两个人都没有活明白。他们都是从恐惧出发，把控制权看成了全部。"

其实，公司控制权不只是表现在股权上，甚至也不是表现在签字权上，而是表现在对公司一个个关键现场的控制上。稻盛和夫没有京瓷公司的股份，但是他牢牢控制住了日本京瓷公司和第二电信电话，因为他把自己的心与员工的心连在一起了。这就给我们很强的启示：为什么我们的企业家不能够跟员工紧紧绑在一起呢？为什么国美的发达和创始人的暴富，没有与团队的透明收入挂钩呢？

其实，公司的控制权，并不在于股权。李彦宏股权不高，但有一个特别表决权；新浪曹国伟团队股权比例也不过18%，但是设计了一个毒丸计划，任何人想收购新浪都会很不划算；丰田喜一郎家族也只是持有丰田汽车2.5%的股份，但是丰田家族的控制力分毫不减；稻盛和夫把自己的股份都分给了员工，但是稻盛哲学在京瓷公司却深入人心。其实，一个公司的控制权，不在股份，不在高层团队，而在于公司的文化氛围，在于一个个业务现场的员工。谁能够走进关键现场员工的心里，谁就控制了公司。

企业家们的反思要比学者深刻得多。我就见过一个企业家，已经有四家上市公司了，过个几年准备退休了。他一直在考虑管理创新的事。国美事件后，他在考虑，大股东一股独大不行，经理人的内部人控制也不行，那么中国企业该走一条什么样的中间道路呢？他在探索，能不能建立一种体系，在这个体系中，可以让股东有三分之一的声音，让管理团队有三分之一的声音，让员工有三分之一的声音呢？他没有提到什么"帝国制"还是"共和制"，但是他这里谈的就是实际上的"共和制"：股东、高管团队、员工的共和。这是一种很高层面的反思。

　　公司是一堆人在一起讨生活的公器。有些人出资本，有些人出技术，有些人出才智，有些人出汗水。稻盛和夫确信，每个业务岗位的员工都可以是稻盛和夫，结果京瓷公司的竞争力无人出其右。黄光裕悟不透，总以为选个能人出任 CEO，才是传承的最好形式，于是有了陈晓的乘人之危。经营管理，要害是建立一个系统的力量，确保安全。而建构系统的力量，首先要对现代公司有清醒的认识。现代公司不是股东、大股东赚钱的工具，首先是个公器，是公共机构，是股东、员工、协作商、客户、相关利益者等组成的公共机构。

　　有一种说法：今后黄光裕就在狱中做个财务投资者算了，没有理由再参与国美的掌控。笔者不以为然。作为创始人和大股东，黄光裕当然有权利以其自己的方式，参与掌控国美。追根溯源，国美今天的乱局，还是黄光裕造成的。黄只看重高层管理者，没有像张近东那样认识到，广大的基层管理者和员工才是公司的真正同盟军。老板用一双眼睛监督一个人都很难，如果善待员工，几万人监督少数几个高管，则一切都明明白白。

　　国美问题解决的唯一途径是黄光裕和陈晓生命意识的觉醒。一种新的视野正在展开，一种新的意识正在形成。个人生命意识的觉醒，应是解决问题的根本出路。

　　2010 年 11 月 10 日，国美董事会与创始股东达成谅解备忘录，将董事会成员规模从 11 名扩大至 13 名，国美董事会提名代表创始股东的邹晓春、黄燕虹为新董事会成员，分别任执行董事和非执行董事。12 月 17 日，股东特别大会召开，通过董事许可人数由 11 人增至 13 人的议案，被大股东黄光裕提名为执行董事的邹晓春亦通过任命，黄光裕胞妹黄燕虹获委任为非执行董事。邹晓春和黄燕虹重新进入董事会，是迈向良好公司治理的第一步。

正如十届人大副委员长成思危谈到国美事件时所言："中国企业的公司治理是我们当前薄弱环节，从最近的国美事件大家可以看到。"中国公司治理结构，不在法律条文中，不在国外的成功经验中，而在每个中国人的心里。每个人心里都有一杆秤。

可怜的黄光裕，由于之前公司治理上的过失，现在寻求的只是参与，而不是全面控制。这也是聪明之举。有了参与，他才能判断如何行使创始股东的权利来保障大多数股东的利益。

在此次国美事件中，中国民营企业家大多在全神贯注地观看，他们不只是在看国美，而是在看他们公司的未来：天地良心是不是会在公司治理结构中继续发挥作用？

黄光裕无疑是对中国客户、渠道、市场吃得很透的一个创业者。正是由于黄光裕先网络扩张再网络优化，"规模和效益共存"的独到的战略眼光和敏锐的商业直觉，国美电器才从一家小店发展为如今的中国大陆最大的家电连锁销售企业，在全国几百个城市拥有店面共1200多家，崛起速度让世人折服。

没有人怀疑，闯荡市场20多年的黄光裕还有许多有价值的体验和直觉可以贡献给国美。市场多变，但是在一、二线城市领先店面数量、巩固市场占有率，店面通过调整铺货、减少库存、提高出货率和坪效，同时通过"低价"保持竞争优势，通过"并购"达到一个"没有竞争的竞争"的境界仍然是非常重要的。现在中国到处讲和谐，当不会容不下国美的一个老兵黄光裕的真心奉献。

　　唯心所现，唯识所变。万事从心开始。净慧法师云："以感恩的心面对世界，以包容的心和谐自他，以分享的心回报大众，以结缘的心成就事业。"

第一的魔咒让丰田迷失

丰田"召回门"接连不断在美国、中国、欧洲甚至日本发生，有读者朋友发来邮件，要求我作出解释。一度成为标杆的丰田，原来也没有脱俗，也在追求公司光环的过程中发生了迷失。其中的教训，尤其值得中国公司吸取。

一个小踏板差点儿葬送丰田

丰田"召回门"听证会过去刚刚一个月，发源地美国就开始转向了。

美国纽约警方 2010 年 3 月 22 日说，2010 年 3 月 9 日一起丰田普锐斯失控撞墙事故由司机操作错误所致，与车辆意外加速无关。纽约哈里森警察局代理局长安东尼·马拉奇尼在新闻发布会上说，警方调查发现，汽车撞墙时油门踏板"被全力踩下"，没有任何迹象显示驾驶员当时踩下刹车踏板。这一结论与美国国家公路交通安全局上周公布的初步调查结果相符。

56 岁的女司机格洛丽亚·罗泽尔此前说，她当时驾驶一辆 2005 年产普锐斯在哈里森行驶，汽车突然加速冲出车道，穿过一条街道撞上石墙，她曾踩下刹车踏板但不起作用。马拉奇尼说："她（罗泽尔）以为自己踩下刹车板，但事实并非如此。"

既然刹车踏板是一个美丽的误会，再回看一个多月前美国气势汹汹的

"召回门"事件，就有些说不出的味道了。美国运输部长雷·拉胡德（Ray LaHood）2月3日发誓"我们和丰田还没完"，并且在听证会前就已经定下了基调："我建议所有拥有召回车型的人不要再驾车上路。"

曾几何时，美国通用、福特汽车等巨头，被以丰田汽车为代表的日系汽车逼得无路可走，不只是要乖乖地交出世界第一的位置，通用汽车还不得不申请破产保护。福特汽车也被迫大幅度处置有形资产，以避免破产威胁。最可恨的是，在通用汽车危机四伏之际，美国人一再向丰田汽车发出救助的请求，可是丰田汽车却置之不理，只关心自己的小日子。现在机会来了，别怪美国人不客气，只能怪为什么你牛烘烘地敢于太岁头上动土，竟然敢把美国制造的象征打翻在地。

通用汽车被丰田紧逼申请破产，美国制造的象征被灭的怨气还没有散去。2010年1月底，全美汽车工会的成员在日本驻美使馆前举行示威，其中就有标语打出了"丰田正在使美国的雇佣制度崩溃"。

汽车工会是奥巴马总统赖以登基的票箱，美国政府拿出了纳税人几百上千亿美金，来拯救汽车业而不得其法。丰田汽车的召回危机，恰恰在最需要的时候，提供了救命的稻草，焉有不抓住大做文章的道理。后金融危机时代，西方政府始终要为救市成本埋单。为了活命，也顾不得脸面，贸易保护主义迅猛抬头。美系汽车大股东美国政府不惜发动一场针对丰田汽车的战争，可谓一石二鸟：既可以为通用汽车复兴铺路，又可以为美国的中期选举捞点人气。

丰田汽车被打了一闷棍，看上去有点冤，实际上也是自然而然的事。

丰田危机在日本多被怀疑是供应链阴谋，是美国的零部件制造商的产品出了问题，而丰田没有检查出来。这种说法甚至跨越了国界。美国哈佛大学教授柯伟林 2010 年 2 月底在中国企业家论坛上说，丰田公司把美国一家零件制造商莫名其妙地纳入供应链，酿成"召回门"危机。这给中国公司一个很好的借鉴，千万不能想当然地把一个外国公司置于自己的名下，你还不知道其中到底隐含什么诡秘。柯伟林的话也有一些道理。

丰田的油门踏板由主要生产感应器的美国 CTS 公司制造。CTS 只负责按图生产，丰田提供产品设计和完成产品组装。美国协作商与丰田公司只是一种经济上的互利关系。事实上，现在所有的汽车生产大厂都不再自己制造零部件，而只控制设计和完成整车组装。每个外加工的零件都有合理误差范围。当它们被置入一个庞杂的汽车系统中后，单个零件的误差不断被放大，发生问题的可能性也随之放大。这些互动中的问题具有较大的模糊性。

过去，在日本本土的丰田生产系统包含了长期合作、相互了解的 200 多个上、下游协作企业，这些企业与丰田形成唇齿相依的关系，那远不是一种简单的合作。

在股东、客户、协作商、员工、社会等利益集团的排序中，丰田公司开宗明义把员工及其家属的幸福放在公司目标的第一位，协作商员工及其家属的幸福放在第二位，客户放在第三位，社会放在第四位，股东放在第五位。把协作商利益放在优先于客户的位置上，反映了丰田汽车日本供应链管理的突出特点和优势。文化上的亲和有助于合作各方对模糊情形的理解、接受和沟通。但是，进入全球化和跨文化的产业链合作后，丰田汽车丧失了与协作商相互之间的默契。

难以言表的默契只有在危机发生后才倍显珍贵。

要让我说，丰田"召回门"之所以会发生不是供应链阴谋，而是文化的翻译，第二次也是。第二次稻盛和夫跟我谈高兴了，还亲切地跟我说："我们两个一起打着赤脚，端着钵，走遍中国的城市和乡村，去传道。"那是我跟经营之圣之间达成的私人默契，那一刻是我们生命意识的交融。如今跟陈忠交流起这些环节，他也会心一笑。

我跟陈忠说，晚宴这么热闹嘈杂，每个人都渴望直接表达对稻盛和夫的敬仰，我可能仅有几分钟的时间，能不能问问稻盛和夫关于接管日航的事。稻盛和夫之接管日航，引起了中国企业界的极大关注，因为这关系到阿米巴经营到底会不会适应中国。日航在许多层面与中国公司的官僚气很相像。

申请破产后正在进行公司重整的日本航空公司 2010 年 6 月 12 日决定，除今年 1 月份公布的裁员人数之外，还要再裁员 3600 人。这样一来日航此次大规模裁员人数将共计达到 1.93 万人。根据日航的重组方案，日航重建将分三步走：第一步是缩小规模，第二步是改善燃料成本，第三步是整理航线。在日航申请破产后，其公司董事长和首席执行官也改由曾经担任京瓷公司名誉董事长的稻盛和夫出任。稻盛和夫的阿米巴经营在日航将会有怎样的作为，引发了世界性的关注。

杨壮和陈忠都认为这是个好问题，尽管不停地有重要人物过来敬酒，陈忠还是插空向稻盛和夫说了我的问题。稻盛和夫回答等一会儿看看再说。确实，他刚刚出去向随行的 200 多位日本企业家敬酒回来，还基本上没有吃什么东西。人们不断地过来敬酒拍照，我开始失望了，担心这回恐怕真是没有机会了，只好等到明天在大会上提问了。

这时我发现，稻盛和夫一有机会就打量我，若有所思。这样前后得有七八次。大师看我，我更是片刻不离开他的眼睛。在我们的对视中，似乎盛大晚宴成了只有我们两人的世界。我不知道他是在思考我的问题，还是在评判我这个人。杨壮说很想拿到稻盛和夫的名片，他要看看他的英文名字怎么拼。我也说，手头没有他的英文名片，也想要一张。稻盛和夫给了我们两个人他日航会长的名片。这时陈忠很帮忙，说日航的名片都给了，日航的问题还不快问。我于是赶紧把问题提了出来。

我说，稻盛和夫先生，中国文化的底色就是官僚气、牛烘烘。这种底色已经渗透到企业组织中来了。不管是国企还是民企，沿袭的传统组织体制，也使这种官僚气得到了强化，跟日航一样。故此，中国企业人很关注您接管日航一事。您在日航的成败，将关系到阿米巴经营到底是否能够大面积在中国推广的问题。您不带一个人过去，会很困难。不知道您是怎么样展开自己的工作的。

稻盛和夫回答说，日航的一线员工很棒，他们都想日航重新振作起来。就是一些中高层的管理者，长期不到现场，不了解现场就定计划、下指标，结果使得现场和管控是两张皮。这些人学历都很高，都有着很不错的履历，也都很聪明，可是就是与现场隔膜，没有在工作中养成头拱地做事的习惯和性格。他们缺乏经营意识。日航的组织体系是个官僚机构，必须对其进行改革，明确责任，当然还包括要杜绝浪费，建立起能够提高收益的管理会计体系。如何提升他们对自身的觉察，如何唤醒他们的生命意识和责任意识，这是最为关键的着力点。

翻译在翻译时，不断有人靠近稻盛和夫说话。这个历来很少拒绝人的圣人，却果断挥手拒绝，示意正在跟我说话。当翻译说中文时，他目不转睛地看着我的反应，我也聚精会神地盯着翻译一个字一个字地听。

接下来我又问，我理解的京瓷阿米巴经营，是一层层的教练团队，是教练文化。教练文化的形成不是一蹴而就的，需要一个过程。他怎么能把那些习惯于发号施令的统一指挥命令者，在短期内转变成一个善于倾听下属意见的倾听者？对于在日航上下确立阿米巴那样的经营体系，是不是会很有难度？

稻盛和夫点点头说，他只是一个总教头，总教头不干具体事，具体工作由团队去做。他需要做的是给他们灌输一种新的生命意识和经营意识，让他们去发现自己，去自己找到解决问题的办法。他一周在日航 4 天，上午开会狠批他们，晚上再拿出自己的钱请他们喝酒，让他们发泄怨恨。经过这样几个月的来回，一热一冷，他们的精神状况开始改观，开始更多到现场了，开始有了经营意识和责任意识，工作也开始有了效率。他们开始知道有活力的企业组织是怎么运行的了。按照这个势头，到今年底或明年初就可以止亏了。

我跟杨壮频频点头。稻盛和夫看着我们，一次次很坚决地挥手拒绝那些敬酒者，明确地说："我只在那里工作 2 年，80 岁就正式退休。"稻盛和夫在说出这话以后，有一种释然的轻松感。

这样的对话持续了五六分钟，已经有一批批人被挡住了。晚宴又进行到下一个环节，稻盛和夫必须去登台拍合照了。于是，对话也只能到此结束。这是我第一次听稻盛和夫说到 2 年这个明确的时间概念。这其中包含着无奈还是 2 年后初见成效？他不带一个助手去日航，如何在日航形成一个教练文化氛围？本想把这 2 个问题放在第二天下午大会上我第一个站起来提问，无奈第二天的提问环节因时间关系被取消了。不过，在稻盛和夫的演讲中，却提到了他 20 世纪 70 年代收购美国公司的管理整合问题，与这个案例比较契合。那就是率先垂范，坚持头拱地到现场，答案永远在现场。这恐怕也是日航走出危机的根本道路。

　　回想起来，6 月 11 日的晚宴还是有一批人在静悄悄地安排。曹岫云老师把我安排在了那个重要位置；本来翻译陈忠的位置是在我的对面，鬼头今日子（稻盛和夫的秘书）却把陈忠安排到我和杨壮的身边。11 日晚宴上，在有 1000 多号人的宴会厅，在紧张的节奏中，稻盛和夫认真回答的唯一一个问题，就是给我的开示。稻盛和夫抓住了重新振兴一个没落的官僚组织的关键：教练文化。

"只要注入经营的真谛，日航一定能重生"

　　稻盛和夫患过癌症，他当然知道他所面临的挑战。但是，在他的创业史上，从来没有因为困难多而胆怯过，也从来没有从自私的角度考虑过问题。他一旦决定一件事，就会直面现实："对于交通航空业，我完全是外行，一无所知。"

　　稻盛和夫深知这是个能量的世界。巨大的能量潜藏在日航每一个人内心的惊喜、善良和欢喜之中。他所要做的，就是把日航员工和社会的能量给激发和释放出来。他与他们进行心与心的交流："也许我并不称职，但我将以我的方式尽最大努力来拯救日航的员工。虽说日航是日本国家的象征，但更重要的，我是为了日航员工的幸福。"

　　稻盛和夫深知完成重建日航的艰巨任务，单纯靠日航员工的努力还不够，还必须整合日本国民的能量。他说："日航是日本经济低迷的象征，如能重建，对整个日本经济会带来良好影响。"日本《读卖新闻》就发表评论说，"稻盛和夫拯救日航，稻盛哲学拯救日本。"

稻盛和夫很有信心，他说："只要注入经营的真谛，日航一定能重生。"确实，稻盛哲学曾经让稻盛和夫这样的农村孩子一下子缔造了两家世界500强企业。这许多年来，稻盛哲学已经影响了千千万万的日本、中国、欧美等地的企业家，已经成为企业成功的密码。

稻盛和夫有一个心愿，要在更多新的领域证明稻盛哲学是可以行得通的，要在其他国家证明稻盛哲学是有效的。日本的商业主流一直把稻盛哲学视为个案或歧途，他不能放过把稻盛哲学应用于航空运输领域这样一个天上掉下来的机遇。

我确信稻盛先生能够完成使命，倒不是因为先生2009年底为我的新书《答案永远在现场》作序——这是先生第一次为一位中文作者的专著作序。他仔细阅读了我的书稿，最后行文可以说惜墨如金。短短1000字的序，把所有需要说的话都说到了，其中对稻盛哲学做了简单精辟的概括。我就此与长期研究稻盛哲学的专家交流，他们都认为这是最为经典的概括。他写道："创业以来，我所做的不过就是无时无刻地贯彻和执行这种'现场'的经营哲学和经营管理体系。"

稻盛哲学以"作为人何谓正确"这一原则为基础，囊括了企业经营的要诀、经营者与干部以及企业员工的行为规范、人生的活法等内容，是一套具有综合性、实践性的思想。在这里他特别申明，他的哲学不是一些口号和理念，而是具体的行为规范。比如，崇尚友爱和敬天爱人的稻盛和夫，对于公司公章管理这样的小事，居然大动干戈：公章存于两个保险箱之中，密码在两个人手里保管。房间还要上锁。每次开保险箱，必须两个人同时在场。公章永远不能离开办公室。对于如此严格的管理，中国那些不秉承"敬天爱人"的公司都不屑于为之。而一直倡导诚实爱人的稻盛和夫却坚持认为，人心在一瞬间有 1000 个念头在活动，只有一事一规矩，在每件事上都要双重确认，才可以保护他可爱的员工不走岔路。

他的经营管理体系，也称阿米巴经营，是一种独特的管理会计体系。它将公司组织分为一个个"阿米巴"小集体，而各个小集体就像是一个一个的中小企业，在保持活力的同时，以"单位时间核算"这种独特的经营指标为基础，彻底追求附加价值的最大化。

不论是经营哲学还是阿米巴经营，它们都是稻盛和夫在制造或销售"现场"与员工一起流血流汗、拼命工作中建立起来的，所以从这个意义上讲，它们是孕育于"现场"并经过实践检验的经营哲学和经营管理体系。

对于日本航空这样的服务性公司，业务现场员工的精、气、神对公司运营有着直接的影响。由稻盛和夫自己在日航传播稻盛哲学，用稻盛哲学武装每一个日航的工作人员，以此来完成历史赋予他的使命再合适不过。稻盛哲学不是理念堆砌，而是一整套调节激励员工精、气、神的会计体系和经营管理体系，赋予每个员工尊严、权力和创造的自由，当然可以挽救日航于水火之中。

2010 年 2 月 1 日，稻盛和夫正式出任日航的 CEO，他见媒体记者时说了一句话非常深刻。他说，我到日航当 CEO，我不是为了日本航空公司，我不是为了日本国家、日本政府，我是为了日航的员工，我要为日航的员工服务。这反映了稻盛和夫本质的核心，他说他做公司第一目标就是为了员工的发展，员工整体的发展。这是个长治久安的、健康的目标。

京瓷第一目标就是为了让京瓷的员工及其家属得到幸福。这一条真是厉害，所以他能白手起家，所以每一个员工都能使出 200%、300% 的劲头做公司任何一件事。

　　稻盛和夫就是京瓷公司的一个总教头。他把公司为员工发展的目标定下来，把对每一个员工的假设定下来，然后就去启迪他们的心智，激发他们的潜能，由他们自己去发现问题，解决问题。他喜欢给员工讲故事，喜欢跟员工分享他的真实感悟。京瓷每个员工在上班开始的半小时，都要做晨读《京瓷哲学》。在你要去第一线用你的左脑的时候，他先给你个机会让你用用右脑，提升一下你的意识层级。这样在工作中左右脑结合，成为一个整体人，就总能做出点不一样的创新来。

　　稻盛和夫的创造，使得他这个已到耄耋之年的老人获得了新生。

中国企业人的管理真经

郭为：地头力是多种力量的母体

> 领导力、执行力等，是从国外移植过来的，缺乏中国本土的内涵。而地头力则不一样，它是一个母体，在此之上可以生长出各种各样的领导力、执行力、思维力、判断力、感知力等等。围绕着开发地头力，有可能形成中国本土的管理真经。
>
> ——郭为

挫折、压力和失败，打不倒中国企业家，那是他们与生俱来的呼吸和饮食。但是当成功和荣耀取代挑战和压力，却可以葬送他们！那种一呼百应，想什么有什么的成功快感，让他们麻痹和窒息。

而唯有那些警醒者，那些在敬在谦的人们，能够逃脱这种无知。人能常清静，天地悉皆归。他们注定能够驾驭广袤的能量世界。

神州数码总裁郭为，已经从职业经理人晋升为年富力强的一线企业家。联想集团十几年的摸爬滚打，把郭为磨炼成国内顶尖的管理精英。2000 年联想集团分拆，面对拆分带来的被动局面，主掌神州数码的郭为提出"夯实基础，主动应变"的主体思路，并且将其贯彻到底。他自己兼任神州数码人力资源总监，把培养造就自由、创新、求变的整体人作为神州数码公司跻身一流公司的根本武器。正是在这一点上，地头力引发了他强烈的共鸣和共振。

郭为用了一个晚上通读了我的新著《答案永远在现场》。他约见我时，一下子说出他阅读此书感受到的30个冲击点。他说，领导力、执行力等，是从国外移植过来的，缺乏中国本土的内涵。而地头力则不一样，它是一个母体，在此之上可以生长出各种各样的领导力、执行力、思维力、判断力、感知力等等。围绕着开发地头力，有可能形成中国本土的管理真经。

郭为抓住了实质。地头力就是这样日新时新的学问和做事做人的道理和方法。地头力之微，关系一个细节的处理技法品质；地头力之大，实为一个人安身立命之根基，是造就自由、整体人的必由之路。推而论之，地头力实为民族精神之需要，人生哲学之基础，社会教育之命脉。修炼地头力，可以在日益浮躁的环境中，打下一根笃行实操的桩。

现在太多的厚黑术流行，能够得势于一时的功效，让许多人趋之若鹜。岂不知，在你得心应手驾轻就熟的同时，那些厚黑术也驾驭了你，你自己也就被"厚黑"了。即便你的术不是那么"厚黑"，是一种可以带来安定的技，如果你过于依赖它而不是发展它，那么你也就成了你的技艺的奴隶，被它奴役驱使而不得你的整体。而只有在你能不断发展它的时候，它才被你驱使，才会成为你安身立命的根基。这个从奴役者转化为根基的过程很有意味，却通常不为人们所认识。

擅长于以钱开路的黄光裕，曾经陶醉其中，毕竟三次冲顶中国首富。这个聪明的潮汕人深知，个人利益与本体利益是有差距的，故此每当大生意来临，他就会祭起钱的大旗，迎风招展，往往无往而不利。谁知道，那些驾轻就熟的伎俩把他变成了奴隶，反过来驾驭他、奴役他。而且还不止如此，它在他那里种植下一棵茂盛的自以为是的大树，让他从此缺少了敬畏，缺少了对正当事和正当人的敬畏。这样发展下去，早晚要翻船，早翻比晚翻好。黄光裕被拘押这么长时间，国美还在健康成长，说明黄光裕也还有些道道。公司还有生机，人也还年轻，挫折和失败来得及时。

黄光裕本来地头力很强，他曾经总结自己成为首富的经验在于"敢想、敢做、敢坚持"。这些成功的招数，看上去好像是地头力，却把他送进了监狱。这其中蕴含的道理发人深省。地头力是形神意力合一的一种突破力量。黄光裕的"敢想、敢做、敢坚持"，看上去具备地头力的"形"，由于金钱量的堆积还显得有点"力"，但是却缺乏"意诚心正"的"诚"和"正"，缺乏地头力的魂魄。

现代人在财富之外，终于认识到了生态。只有从大生态的观念上，照看你的人生和你的公司，才不至于出大错。大生态的观念，也就是中国国学中"天人合一"、"天人一也"的思想。寻求人的发展，发展人，是一切发展的基础。发展人，就是造就发展天人合一的整体人。造就整体人，正是中国古老的教育传统。这是中国精神的渊源。

有着"整体人精神"的地头力，让郭为逃脱了黄光裕那样的无知。在创造财富的路上，他同时把一个自由的、追求极致的整体人作为目标。一刻接一刻的变化，一刻接一刻的挑战，一刻接一刻的危机，一刻接一刻的心得，一刻接一刻的创造力。或许正是从整体人这个思维层次上，郭为才能把地头力看做各种能力生长的母体。

陈东升：战略"在变在整"

学者教授们常常把战略说成是英明决策，是目通万里、思接千代的产物，一下子就能确定 10 年战略、5 年战略或者 2 年战略不动摇。而陈东升不这样看。他所理解的战略，是在一刻接一刻的动态中把握的。时常有这样的情况，一个看上去只是技术细节的问题，却可以演化成一个总体战略的调整。

陈东升 20 世纪 80 年代末在国务院发展研究中心搞中国 500 强企业评价时，我们这些专注研究的人员还取笑他不务正业。可也正是这样的不务正业，让他有机会切身感受到企业的魅力：把看上去不可能的事做得有声有色。他禁不住这种诱惑，他开始创立企业，开始了他的泰康系布局：古人的钱、现在的钱、未来的钱通吃。

1993 年他创立嘉德拍卖，刚开始没有经验不知怎么做，他就走进香港拍卖行，扛着摄像机到处拍。香港拍卖行的老板压根就没看出这个摄影的小工将来会成为中国最大的拍卖行老板。他摄像是为拿回来给他的团队学习。因为不懂操作，画面抖动得厉害，看个两分钟就必须停一下。然而，现场感受拍卖行的实操，还是给他和他的团队上了最重要的第一课。

1994 年他创立宅急送。当时中国人对快递还没有什么概念，创业之初，宅急送是什么都送，包括送鲜花、送烤鸭、帮别人搬家等，甚至还代人送过小孩。随着时间的发展，快递这个行业越来越成熟，宅急送的主营业务逐渐变为以企业为客户的项目物流，服务于电讯、医药、服装、汽车等企业。2007 年，宅急送的营业额达到 13 亿元，成为所在领域的业界老大。

　　1996 年陈东升又创立泰康人寿。泰康的成长经验是模仿，用陈东升的话说，就是要"找最好的葫芦画最好的瓢"。"最好的创新就是率先模仿"，"率先模仿是后发理论的核心"，这样的名言早已在业内流传开来。在创办泰康后的 5 年时间里，陈东升先后走访了 21 个世界顶尖级的跨国保险金融集团。大到公司架构、营销模式、人才管理，小到公司的装修风格、服务设施，陈东升对它们进行了全方位的模仿，真可谓"左眼看平安，右眼看友邦，两只眼睛看世界"。

　　泰康系成型赢在战略。陈东升把握战略有一套说法，他将其概括为战略三层次。

　　第一个层面，战略要在技术细节的变化中寻找突破。

　　没有什么是既定的事！一切都是见微知著。

　　银行销售保险在西方有 50 年的历史，银行就是卖一次性简单产品。中国国内的保险业在创新，银行开始卖期交产品，比如 5 年、10 年、20 年。泰康看西方没有卖，计算下来也赔钱，就没有行动。而竞争对手大张旗鼓地开始卖，市场偏偏又接受。结果泰康人寿行动晚了半年。做产品的方向，看上去是个技术问题，实际上是个战略问题。错失时机，在产业布局上就要吃亏。

　　他能把宏大的战略回归原点，把战略概括为"细节变化"和"整体效应"，一下子就把战略给搞活了。从地头力的角度看，一刻接一刻的细节变化，就构成了战略的"在变在整"或"求变求整"。

　　从这个角度把握战略有些味道。很多事都是技道一体。技术细节在一刻接一刻地变化，挑战在一刻接一刻地翻新，危机在一刻接一刻地涌现，处理掉问题的办法，一刻接一刻在变化，战略也在时时翻新。有时一个细小的变化，往往透露着重要的整体信号。战略实际上是重在"变化"，重在"整体"。地头力意味着在当下的现场无止境的变化和突破。

第二个层面，战略不能在技术层面晃悠。

有些公司选择了一项主业，可是一年没赚钱，这些人就撑不住劲了，把一个技术层面的问题，上升到战略的高度，赶紧去转型。本来一两年的盈亏，不是战略方向上的问题，是在实现战略方向的过程中出现的枝节问题。因为这个问题就去转型，你以为别的行业就是那么容易赚钱的？哪一个行业的哪一家成功企业，不是头拱地解决了许多看上去根本不可能解决的问题而笑傲江湖的？

这个战略视角让我想起我们山东农村老村长常说的一句话："别人赚钱的生意别轻易跟，自己赔钱的买卖别轻易丢。"在老村长的眼里，这个世界很大，能人很多。一种根深蒂固的谦卑，让他悟到不能把眼望向浩大的世界，而要专注于自己的营生。只有这样，才可以度过那些看上去足以毁灭你的磨难或挑战。

第三个层面，战略岗位定价说。

他研究发现，全球公司对 CEO 的定价要比对二把手、三把手的定价高出去很多倍。因为一把手对战略负责，而战略关系到一个公司的生死和可持续性。哪怕是一把手没有切入具体运营，但是"战略定价"的铁律，还是会让他的薪酬木秀于林。

他的"战略定价"说，清楚地说明了企业家或 CEO 的关键现场。这个现场，就是见微知著，一刻接一刻地了解变化，一刻接一刻地应时而动，一刻接一刻地追求极致，一刻接一刻地提升整体效益。在这个关键性的现场或地头上，只要企业家倾注了他们全部的心血，才会有企业的可持续发展。

如果他稍一放松警惕，不把企业当做命，不勇于进取了，那么他和他的企业终将被淘汰。

郑春影：追求一刻接一刻的极致

伽蓝集团创始人郑春影读到我的《答案永远在现场》后，买了 300 多本送给他的管理层，还在每一本书的扉页上题字："去现场找到答案"。这还不够，他还请我去参加伽蓝集团开年战略会议。在集团开年的大会上，上午由他来主讲 2010 年总体战略和文化建设，确定 2010 年的管理理念为"答案永远在现场"。下午由我来讲开发地头力。

2001 年郑春影在上海起步，经过 8 年时间已经是年销售额 34 亿元的化妆品公司老总。该公司持有"自然堂"、"美素"、"雅格丽白"、"医婷" 4 大中国驰名商标。郑春影还有一个野心，他认为西方的化妆品是针对欧美人特点研制的，大多不适合中国人。在中国的水土上，一定可以培养起适应中国人"天人合一"美学思想的化妆品牌。

郑春影一身静气，坐在那里全程参与我的培训，对地头力情有独钟。郑春影强调一个人的"品质、意愿与能力"的总体能力，我强调"心智、激情与能力"的开发地头力公式，其间名词上的差异挡不住意蕴上的一致性。郑春影认识到，帮助他实现野心的，唯有在中国土地上茁壮成长起来的地头力。

在与伽蓝集团 550 名美丽使者互动的过程中我真切感悟到，专注中的男人很美，专注中的女人很美，专注中的人很美。一个人只有在全神贯注

想真实地流动起来，要让潜意识流动起来，要让行为与意识流动起来。没有气的流动，没有场域的智慧流动，是不可能把正向念头植入员工脑海中的。

稻盛和夫的解释，让我处于一种被理解和欢喜的震颤之中。我领悟到，他能够把成功方程式植入每一个员工心中的方法就是：启发性的教练文化。

我确信，无论是稻盛和夫哲学，还是一大批企业如海底捞、好利来、青啤、海尔、华为、联想、TCL、德胜洋楼等对管理模式孜孜不倦的摸索，抑或是我基于中国企业实践原创的"地头力"，大道相通。

说起来很复杂，实质上也简单。近期最火的电影《盗梦空间》，就具体展示了这一个过程。

《盗梦空间》：头脑的智慧、身体的智慧、场域的智慧三合一

编剧和导演，是最具创造力的群体。每一部电影，都是新的投资，新的角色，新的场景，新的灯光，新的主题，新的创意，新的价值。1970 年出生的克里斯托弗·诺兰是国际公认的特别具有创意的大师。他说，《盗梦空间》中所表达的东西，是他从 16 岁开始就在反复思索的问题，七八年前他就已经完成了剧本的初稿，但到后来故事的进展比他想象的要远得多，它触及到了真实梦境与半梦半醒状态之间的关系。"人的大脑可以容纳全部现实场景，在我的研究中还没有碰到过这种行为的极限。就像你走在一个沙滩上，既可以四周环顾，又可以抓起沙滩上的一把细沙。"他试图通过建构场域中的场域，来验证这个道理。

《盗梦空间》是一片大草原，那里有直入云天的天地合一景象，有生机

勃勃的草地,有意想不到的湿地,有自由自在的野马群,也有俏皮警醒的小鹿,有遍野的羊群,也有令人恐怖的沼泽和野兽。不同的人到了这片大草原,会发现和取走自己原本就有的东西。我在第 2 次观看《盗梦空间》时,才醒悟导演克里斯托弗·诺兰在影片中完整地呈现出包含着头脑的智慧、身体的智慧以及场域的智慧之能量新体系。

《盗梦空间》有着简单的主题:如何向另外一个人植入一个念头。念头一旦植入案主,它将改变案主的命运,将比任何东西都更具威力。当然植入的过程非常复杂。

植入案主一个念头,首先须过案主"头脑的智慧"这一关。案主每一分钟所接收到的信息是 4000 亿比特,而平时他只能留意到 2000 个左右,他真正能够关注的也只有 4 ~ 7 个。每一分钟都会有新的信息进来,后面的信息很快又会覆盖前边的信息。想让案主留下并记住你的信息,念头的逻辑要清晰抓人,而且,这个念头还必须是案主刻骨铭心要去寻找的东西。

植入念头需要经过头脑而又必须超越"头脑的智慧"。必须想办法进入案主的潜意识。要想进入潜意识,有多种多样的途径。为使案主刻骨铭心、心动、惊喜、震撼、倾心,需要有一系列精巧的设计。《盗梦空间》抓住了"做梦"这个潜意识活动最为放松的环节,由此植入念头可谓独具匠心。而这个环节,不是在头脑层面的传递,而是在潜意识层面的交融。

潜意识领域有着巨大的无穷性。潜意识中活跃的信息,不只是现实世界的信息,还有大脑皮质脑 200 万年演化的沉淀,情绪脑 5000 万年演化的留存,甚至还有本能脑 2 亿年演化的留存。在如此浩瀚的信息海洋里,要把你的念头植入进去,需要建构特定的场域。

场域是真正的关键。这是为了使案主沉浸在梦中,沉浸在你让他去的地方，而不会随机飘动。《盗梦空间》主人公 Cobb 接单后，首先要找的就是造梦建筑师，必须建构迷宫或者场域，让案主乐意留在其中。设计师 Ariadne 身手不凡，在面试时画出的第 3 个迷宫就困住了 Cobb。这个迷宫是圆圈套来套去，类似于著名的环形蛇迷宫。后来，她又在迷宫设计中弄出两面镜子，两面镜子之中出现了数不清的人像。镜中镜，梦中梦，庄周梦蝶往返无数，在几何上被称为分形（fractal）的结构，塑造了梦的 N 次递进。

　　这本来应该是清静而富有逻辑的片子，却充满了血腥味的打斗。这是由于所植入的念头遭受到了案主潜意识的极大抵触和防范，这种抗拒常常伴随着血腥。只有保持植入念头的正向意义，才有可能成功。因为人的本质是追求和谐的。也正因如此，Cobb 才不得不采取迂回的策略。本来 Cobb 的任务是要植入一个念头达到使某财团继承人颠覆老爸的生意的目的，Cobb 没有直接植入一个负面的念头，而是千方百计帮助继承人找回逝去已久的父子深情。于是就有了下面的结果：父亲逝世前一字一句地说："我很失望你想成为第二个我，你要成为你自己。"继承人在父亲的鼓励下，决定放弃家族的生意，像父亲希望的那样，努力去开创真正属于自己的事业。而这正是 Cobb 最想看到的结果。

　　《盗梦空间》在电影史上是一部具有突破性质的作品，它不只是重新定义了电影表达能力的疆界，而且呈现了人类力量的实相。《盗梦空间》实际上展示了一个新的能量体系，这个能量体系包括头脑的智慧、身体的智慧以及场域的智慧。这是现代科学的一个总体呈现。

　　我之地头力研究的最新进展就在这里：地头力就是问题一冒头就把它蔽掉。这是头脑的智慧、身体的智慧、场域的智慧三合一的整体呈现。在概念满天飞的时代，如何把地头力植入中国企业中去呢？重要的是要从权威文化转移到启发性的教练文化，创造出一种可以活用头脑的智慧、身体的智慧、场域的智慧的"场域"。这也是"场域的场域"。

大道相通，科学无疆。

> 混沌的宇宙中,一种生命力,一股能量,一分胎息,透过你而出现律动!在永恒的时空中,你是那么的唯一,这种表现也就那么的独特!如果你拦阻了它,它将消失,无法借助其他手段存在。世界将永远无法看到它!
>
> ——玛莎·葛兰姆《保持你的管道畅通!》

武汉当代集团的董事长艾路明,在 2010 年 8 月底的云南大理亚布力企业家论坛年会上跟我说,国美危机让他反思。创始人一股独大不好,经理人的内部控制也不好,他发誓要在退休前创造出一种新的体系。在其中,体系的力量将构成公司经营管理的场域,经理人将在这个场域中发挥作用。

一个国家的管理变革,将是这个国家变革的基础。艾路明发现历史演进中有个有趣的现象,就是管理创新通常是一个国家强盛起来的最基本要素。

艾路明的想法,深获一大批卓越的中国企业家的共鸣和共振。他们在各自的公司,在第一线上正在梳理和整合中国的管理创新。天康集团董事长杨焰新近跟我交流说,他们现在正在探索建立一种系统的力量,以便使每个人都能够懂事更多一些,懂人更深一些,在工作岗位上勇于承当。

这一波波充盈着智慧、力量、喜悦和大爱的努力,与我的地头力意识形成了强烈的共振。

战乱与衰退的出路：体育比赛

公元前约 800 年，战乱、衰退、疾病、贪污、腐败、人心丧乱，深深笼罩着伯罗奔尼撒半岛某个城邦国家，整个国家处于极度危机之中。国王尽其所能，尝试各种各样的办法化解危机，国家还是日渐衰微，沉入谷底。法律、学校、全副武装的卫士，神庙、慈善机构以及伟大的工程，贤哲、艺术家、演说家，宏伟的城堡和配备精良的军队……所有的这些都无济于事。于是，国王派出使节去德尔菲神殿寻求神谕。

"什么能遏制住正在毁灭民族的、近乎恐怖的衰败局面？"使节的问题非常明确。

"开始跑步吧！"神谕的回答十分不可思议。

"怎样才能停止战争、消灭疾病？究竟用什么样的方法才能使奴役民众心灵的狡诈、奸猾和暴怒向美德低头呢？"使节不得不把问题说得更具体。

"开始体育比赛吧！"得到的神谕依然是这么简单奇特。

为了避免误会，国王特意亲自去德尔菲神庙问谕，结果得到的神谕还是同样的简单——"现在、立刻，举行体育比赛！"

国王原以为神谕会是制定更完善的法律、严惩贪污腐败；或是建造更多的学校和慈善机构，滋润人们的心灵；或是强化军队建设，以保全国家的完整。可是，现在求来的神谕，却是与国家安全八竿子也打不着的体育比赛！

国王与几位大臣开会讨论，直到精疲力竭也没有结果。国王最后说："我们什么办法都尝试了，不能奏效。既然神要我们举办体育比赛，我们明天就开始吧！"

说来奇怪，看上去很一般的体育比赛，却很快让国人沸腾，极大程度地振奋了民魂，转移、提升了大家心神。当时的古雅典人认为，神都是裸体的，参加体育比赛当然也要裸体，才能显示最原始的力量和美。那些在痛苦挣扎中的人们，那些以武力显示强悍的斗士，那些靠贪污腐败搜罗财富的官僚，开始在体育比赛中欣赏到了最纯真的美，找到了尊严、荣誉和真正的快乐。更不可思议的是，体育比赛竟迅速扭转了衰败的颓势，把这个国家以及周边不同国家的民心齐聚到了一起。其他国家也都纷纷仿效，他们渴望在体育比赛中显示自己的强大。似乎这已不单纯是一场体育比赛，而是一个国家整体实力的展现，是唤醒国民自尊、骄傲与激情的重大仪式。当然，人们不只在体育比赛中展现他们的卓越，他们已把这种卓越性释放在国家生活的各个层面。即使战争，也为体育比赛让路。

古奥林匹克运动就这样拉开了帷幕！这一人类体育盛事一开始时是地方性的，后来发展成为四年一次的泛伯罗奔尼撒体育赛事，并很快成为全希腊境内规模最大、名声最响的竞技大会。体育运动、知识和艺术，三者合力将古希腊文明推向了辉煌。

2008 年奥运会，让国人更加体验到了它的魅力。这看上去不可思议——在汶川地震、毒牛奶等一系列危机中，如期而临的奥运会却给中国人注入了坚定、强大、向上的积极意识。奥运会又一次按下了个人意识觉醒的按钮，唤醒了东方巨人。

"现在，立刻，催生现场解决问题的地头力"

一如公元前约 800 年的伯罗奔尼撒王国，中国公司面临着深刻的危机。长期流行的纵向一体的层级结构，造成了牛烘烘、官僚气的文化蔓延；高管依仗着团队，团队依赖于资讯，岗位等待着指令；剪刀加糨糊成了通行的思维范式，四周充斥着"二手货"；一个个业务现场没有了独立思考和解决问题的承当者；说了就等于做了，强调了就是落实了 …… 面对重重危机，如果选择从剧烈的管理体制变革，从引进一系列新工具、从改变新流程等等层面展开，往往收效甚微，甚至会造成更大的新震荡。

这让人想起法国大革命时期的迷狂。法国人喜欢提出一些民粹的抽象目标，如民主、公正、自由，然后奋不顾身地投入政治抗争，结果使这个国家陷入长期的动荡和厮杀。1793 年，法国大革命如同一匹脱缰的野马，疯狂而盲目地飞奔起来，几乎没有任何力量能阻止它狂乱的铁蹄。当时的政治家罗兰夫人于 1793 年 11 月 8 日被送上了断头台。临刑前，她走过自由神像，留下了一句震慑后人的名言："变革，多少罪恶假汝之名而行。"

在当今公司深刻的危机面前，中国公司正在摒弃那些数字精英管理的工具，而积极探索卓有成效的解决路径：

德胜洋楼的创始人聂圣哲跟我说，中国企业要么是一片散沙，要么就是很强盛，中国企业就没有中间状态。反观中国公司，确实存在这种情况。危机的来临会激发团队的潜能，但是公司的组织规模一旦变大，问题就开始出现，国美、华为就是这方面的典型例证。中国公司有没有一条好的发展道路，中国企业家有没有致胜之道去克服这个问题，这也是我们的困惑。

中国第一号的企业家当属任正非，他看到了这个顽症。2008 年年底他发出一句非常响亮的呼唤："让听到炮声的人呼唤炮火。"对于华为的现状，他有一个基本判断：成功使华为人自信自豪，但同时也自满，紧随而来的就是越来越封闭。对此任正非的解决之道就是"让听到炮声的人呼唤炮火"，强化一线团队的决策权力。

2010 年任正非发表元旦献词时说，这个地球上没有任何东西可以阻挡华为的前进，除了我们的官僚气，这种内部腐败。官僚气有可能把华为毁掉。有记者采访时问到华为的接班人危机，任正非说，我们先不要看第一念头，有时候你仅靠第一念头就对接班人问题开始解读是不可以的，你要看第二念头，那就是华为曾经创造力十足的团队，现在是不是有所变化。从这些话里可以看出，任正非想要调整团队，最看重的是作为领导者是否有出众的创造力。

如果有人问谁是中国第二号企业家，我们一定会说张瑞敏。连续几年，张瑞敏谈到海尔存在的问题时都提到，海尔已经形成了金字塔、正三角的官僚体制，使得海尔不能成为世界一流，海尔要想成为世界一流必须搞倒三角体制，必须建立一个个自主经济体。

今年年初我去海尔的时候就对海尔的高管说，任正非思想有变化，他09年初还没有说官僚气是内部腐败，今年已经上升到内部腐败了。张瑞敏对这个问题有没有进一步思考呢？海尔的高管告诉我：有，张瑞敏今年刚说，推诿和官僚气，这是一种罪恶。看来一线企业家的看法大致相同。

中国第三号企业家可能就是联想的柳传志了。柳传志重新出山执掌联想集团后，他发表的第一个公开演讲就是要使每个人都成为发动机。他新近又说，一个企业里到底有没有主人，是一个企业能否办好的第一重要因素。主人以身作则，是激励团队的唯一途径。柳传志抓住了关键的东西。是的，我们的团队，我们的员工，他们有没有主人意识，有没有责任意识，是一个企业是不是有创造力的一个关键因素。

不仅这三个中国一流企业认识到了地头力的重要性，还有不少中国公司也开始不约而同地引进丰田生产方式或京瓷阿米巴 …… 一幅幅生动的画面，展示了地头力在中国土地上茁壮成长。

"现在，立刻，催生现场解决问题的地头力"，已经成为中国公司共同的呼声。

当今解决问题最重要的范式是每个人生命意识和责任意识的觉醒，这是地头力的依归。地头力理论确信，盲目采取休克疗法的管理变革，会使问题更糟糕。地头力的着重点在于，与现有体制和谐共处，回归原初，重点放在每个人存在意识的觉醒。个体生命意识觉醒了，生命意图或使命意识也就被唤醒了，一种承当和责任意识也就跟着落地了。唯其如此，藏在中国公司体内的"癌细胞"才有可能借助于身体管道的通透而得到化解。

最近我问海底捞的创始人张勇，作为老板，他感觉海底捞的短板在哪里？张勇说，短板就在于员工还不知道他们来到这个世界的生命意图。他不期待员工忠于他这个老板的价值，也不期待员工忠于公司的价值，他期待员工能够忠于他们自己的价值。如何让个人的意识觉醒，为组织所用，这是 21 世纪一个世界性管理课题。

关注点到哪儿，认知就到哪儿，结果也就到哪儿。当一个组织 60% 以上的人都有了生命意识和责任意识的觉醒，这个组织的体制调整和文化变革就是自然而然的事情了。地头力就是一座过渡到那种自然境界的桥梁。

管理的三个范式，三重境界

管理是人们从何种"意识"出发，以怎样的"情绪"把握行为"事实"的艺术。从对"意识"、"情绪"以及"事实"关注的侧重点来看，我认同河田信老师的分法：把 20 世纪以来的现代管理分为三个发展阶段：泰罗制、丰田生产方式及正在形成的中国管理创新。

管理第一阶段是泰罗制，讲究的是划一的程序、标准及严格的操作守则，

　　强调的是直接的行为和绩效。泰罗制支撑了美国的大规模生产，使得美国经济能够称霸全球一个世纪。金融危机爆发，实际上是美国数字精英管理体制的危机。这种体制危机的标志性特点是重体系而忽视或抹杀了个人的主动性，用一系列条条框框拘押了人们的创造性。通用汽车的倒闭，是这种数字精英体制遭遇最严峻困难的集中显现。美国金融危机，实际上是美国管理的危机。

　　管理的第二阶段以日本崛起，重视人与现场的管理为标志。丰田方式（TPS）是其中的代表。丰田方式是在极其困难的条件下起步的，丰田方式推崇每个人都是管理者，每个人都关注绩效，每个人都关注行为的整体有效性。它把一种外生的"他律"转换成内生的"自律"。通常，管理者与被管理者是被严格定义了的，管理者是工序流程的设计者和监督考核者，而被管理者只需要严格执行设计好的操作手册，恪守工序和流程所要求的职责。管理者有着得天独厚的思考权利和追求最佳答案的权利，而被管理者则是忠实地执行管理者指令，确保工序和流程准确无误。TPS颠覆了这样的认识。它把思考的权利和追求最佳答案的权利交给了一线员工。丰田方式对管理更深化，涉及到了对人们的情绪和情感的处理。它赋予每个人自尊，其背后的假设最关键的有两条：一是每个人都有独立思考的权利，二是每个人都有追求最佳答案的责任。可惜丰田生产方式只在生产领域实行，并没有拓展到销售和售后服务部门，更没有拓展到海外上下游产业链，由此导致了2010年初的"召回门"风波。

　　管理第三阶段的发展，与中国复兴密切相关。支撑中国复兴的可以有各种各样的概括，我愿意把这个原点概括为"个人意识的觉醒"。中国新一代企业家，在冰封时代敢想、敢干、敢坚持，创立了自己的商业帝国，其后经历跟风欧美管理，仿效日本管理，最后还是回到了自己原初的创造力，回到了那个曾经使自己心潮澎湃的现场。于是就有了本书所提炼概括的地头力。

个人使命和责任意识的觉醒成为解决问题最重要的范式，也构成了地头力理论最核心的部分。地头力对员工的假设是：每个人都是整体性的，每个人都是才智俱足的，每个人都是富有创造性的。这个假设颠覆了传统管理体制，但是却可以与传统管理体制和谐相处。地头力最具典型的案例是稻盛和夫创立的阿米巴经营。用稻盛和夫通俗的说法就是："每个岗位上都有一个稻盛和夫"，或每个岗位上都有一个经营者。

地头力不只注重现场"事实"，还注重每个人以怎样的"情绪"去把握"事实"，更聚焦于"情绪"背后的直觉"意识"。在个体生命意识的觉醒中，人可以活在直觉中，驾驭丰富的情感，透视事实，进入一种自由的、无穷尽的创造之中。这里的逻辑是，个体生命意识的觉醒，推动一个个使命意识的形成，责任意识或承当意识也就跟着涌现。一个个组织成员生命意识的觉醒与整体之力的释放，就是一个公司或组织的整体地头力。

释放整体地头力，必须建构一个强大的系统力量。这个系统的力量包含着三个层面的智慧：头脑的智慧、身体的智慧以及场域的智慧。

场域的智慧，包含觉醒的个人所形成的强势的场，还包含一系列基本伦理和规则的设定，这些伦理规则是一个有机的整体，它们不是支离破碎的，而是相互关联，又随机而变，同时上下左右又贯穿着教练文化，而不是弥漫着官僚气、牛烘烘的氛围。在这个强势的场中，每个现场员工的使命意识和责任意识都能得到开悟，觉醒。

喜悦循环与畏惧循环

地头力与传统管理理论有着全然不同的循环模式。传统公司经营管理体制，往往建立在人们对未来的不确定性或恐惧基础之上，而演化成一系列统治与监控体系，这是一种恐怖的循环，在这里，工作是一种痛苦的坚持。而地头力则是建立在个人生命意识觉醒的基础之上，强调对喜悦和心灵画面的追求，在这里，工作是一种快乐的享受，是一种快乐和喜悦的循环（见下图）。

传统管理与地头力循环范式比较

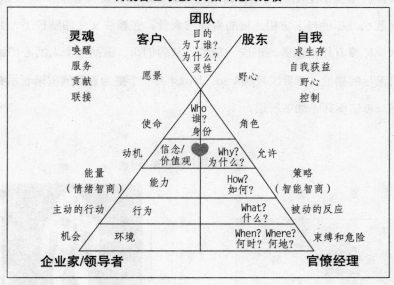

资料来源：李建林（潇湘航空董事长）

图中展示了两种重要的管理范式，是对迪尔兹逻辑层次的深度解析。右侧代表了传统的官僚经济的管理范式。在传统模式中，最基本的立足点是：人是自私的，人们为了生存追求个人利益的野心，需要有一整套胡萝卜大棒来规范。在束缚和危险的环境中，人们做出被动的反应，在允许的范围内，做出有条件的选择，完成自己的角色。这种由恐惧、束缚、限制、博弈、野心达成等组成的循环，为畏惧循环。

　　图左侧标示的则是地头力的喜悦循环。这里假定人是整体性的，是才智俱足的，是富有创造性的。组织最重要的任务就是建构一种场域，唤醒每一个生命意识，在明确的使命意识和责任意识的指引下，将自己奉献给组织，与广域能量相连接，从而造就组织整体的地头力。

　　从生命意识的觉醒，到驾驭丰富的情感，洞穿事实，实事求是，是一个具体、丰富而生动的过程，其中贯穿着一整套教练文化的工具和方法。上善若水，那种与宇宙相连接的喜悦与大爱，在教练文化的辅佐下，会像流水一样没有任何阻碍，形成一刻接一刻的创新，滋润每个人的心田，创造出无尽的福祉。世界级教练 Paul Jeong 有一个更为直观的图来表示喜悦循环与畏惧循环，如下所示：

喜悦循环与畏惧循环

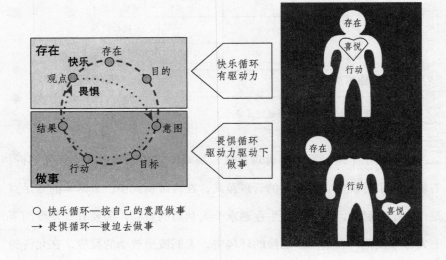

○ 快乐循环——按自己的意愿做事
→ 畏惧循环——被迫去做事

Paul 博士的循环图更为直观。请注意那个没有头的小人，把喜悦扔在了一边，头颅已经搬家，却依然在盲目地行动。先前中国农村在过年过节时宰鸡，常见被剁了头的鸡还在地上扑腾翅膀。在恐惧循环圈里盲目行动的人，太忙碌了，太紧张了，自身全然没有觉醒。

汉字"忙"的构造耐人寻味。"忙"＝"忄"＋"亡"，意思是心死了，还在奔波，就是"忙"，这犹如无头的鸡，即是恐惧循环中的人。

喜悦循环，是对个人存在意识和责任意识的觉醒，按自己意愿做事的循环，也就是地头力落地的循环。

喜悦循环的要害是分分钟觉知自心，觉知自己的身份，觉知自己的自由意志和动力。人一旦到了这样一种境界，就没有什么负面的东西可以打扰他。他可以平静地直面任何尴尬的、危难的问题，不是去"拳击"、"搏斗"和"打仗"，而是用聪明和智慧去应用它、转化它，做"能量转化"。小小的能量将带来很大的变化。

生命意识的觉醒是当今问题解决的唯一范式

我一直在寻找让地头力落地的途径和工具。经营之圣稻盛和夫说，要想实现公司每一个业务现场都有稻盛和夫的目标，需要教练文化。作为创始人和公司的灵魂，他就是公司的总教练。

经营之圣的总教练身份，让我对教练文化产生了极大的好奇与期待。2010 年我接触到了第三代教练。我很少参加培训课程，2010 年却破天荒连续参加了世界级教练 Paul Jeong 博士 200 多个学时的课程，同时有了超过 200 个小时的练习，整个身心有焕然一新的感觉。

我从 Paul Jeong 博士那里得到的最重要的信息是："当今问题解决最重要的范式是个人生命意识的觉醒。当一个人和组织认识到自己存在价值的时候，他们将会被赋予持续的、强有力的力量，并将体验到工作和生活中的巨大喜悦。"Paul Jeong 博士给我最大的惊喜，还是详细介绍了美国科学家大卫·霍金斯有关意识指数和意识亮度的理论。确实，当一个人的意识亮度提升后，就会驾驭各种情绪，准确把握事实。我当时还发了宏愿：点亮和提升自己意识的亮度，点亮和提升中国人意识的亮度！

通过这次培训，我也了解到了教练文化的演进过程。

第一代教练关注的重点：事实解析。这时主要关注行为和绩效，看那些能够带来变化的东西。这就相当于西医，直接针对出现的问题进行治疗。

第二代教练关注的重点：情感处理，重点看行为背后的价值和动力。在这个阶段，着重从情感上处理内在的问题。这就相当于中医，强调固本培元。

第三代教练关注的主题：意识聚焦。这时关注情绪后面的根源，关注那些情绪后面的主宰意识，那里自由、创造、俱足，因为那里是充满无穷创造的世界。

中国商业领袖柳传志对此必有着共鸣共振。柳传志重新出山在联想内部的第一次演讲，就提出要"让每个人都成为发动机"。新近他在对联想国际化经验的经典文章中一字一句地说：一个企业里到底有没有主人，是一个企业能否办好的第一重要因素；主人以身作则，是激励团队的唯一途径；只有当你觉醒到自己的主人身份，才会考虑如何让管理层也有主人意识和心态，让员工发自内心地热爱企业，才会醒悟到如何"让战士爱打仗、让战士会打仗和组织有序，高效运作"。

无疑，柳传志对"主人意识"的概括，是他"定战略、搭班子、带队伍"经验的深化，也是对中国公司管理真谛的高度概括。

西方人搞不懂中国经济为什么崛起，柳传志的这篇经典总结给出了答案。把柳传志的"主人意识"与 Paul Jeong 博士的话结合，就得出了一句雷人的语录："主人意识觉醒是当今问题解决的唯一范式。"

正是因为有一大批"主人意识"觉醒的企业家，才使得中国复兴成为可能。一如拯救了韩国的郑世荣和李健熙，中国企业家也是中国经济甚至中国精神的拯救者。

"主人意识"是"生命意识"的一个变种。生命意识有着更为广阔的内涵。有什么具体办法，让这种"生命意识"觉醒呢？关键是能够建设一种启发性的场域，能够建立一种生生不息的创造性的场域。教练式领导和文化可以唤醒人们，在启发性场域的建设中起着重要作用。

每个人都是整体性的，每个人都是才智俱足的，每个人都是富有创造性的，只不过因为受着各种各样情绪的左右，而被遮住了视野，堵塞了道路。

作为教练式领导，重要的是通过与人对话的方式，提出强有力的问题，使团队打开视野，不断去唤醒使命意识与责任意识，用意识去驾驭情绪，破解事实难题，激发与释放潜能。这些也正是地头力落地所需要的技术和艺术。

地头力落地的核心不是体制和权力的重新划分，而是从上到下个体主人意识和责任意识的觉醒。在这个过程中，领导方式起到了关键作用。我们已经了解过统一命令型领导、英雄型领导、教师型领导以及教练型领导的变迁。与其他三种领导类型不同，教练型领导有着一些特质。

你的领导是让你成功还是让他们自己成功？这是区分教练式领导与其他方式领导的第一个关键点。某些领导可能自身价值提高很快，但别人的价值降低了。一如父母为让孩子成功，从来不会滥用孩子的能量而让自己拥有财富，教练式领导能够扩大员工的视野，价值得以提升，能够帮助员工的事业成长。

好的领导总是在团队的信念与愿景上花费很多时间和精力。他们在什么时候都知道哪一个人应该做什么，而且总是负责任地去核查。比如你有一个目标，我总是要问问你，这个目标对你来说意味着什么，你的感觉是什么，有没有什么困难。教练式领导会建立起这样的提问引导的气氛，不时地问问员工的感觉，知道员工的责任和是否值得信任。

教练式领导还富有创新精神和团队精神，总是能够给团队注入新的目标和新的激励。这种激励和创新是超越公司边界的。一如史蒂夫·乔布斯，他已经不是一个人带领一个团队在创新，而是把创新的气息注入到社会生活的细微之处，激活地球人的好奇心。

教练式领导还善于激发团队的灵感。他们做人、做事是一体的，在工作和生活中是一样的。他们几乎与每个团队成员都有独特的灵感激发故事，获得团队的真心喜爱。

教练式领导是多样性与合一的完美体现。每个人都要成为自己，个性丰富，但整个团队又是一个整体，要像一家人一样。做到这点非常困难。中国有句老话，"己所不欲勿施于人"，而在一个多元化的背景中从事管理，还必须有点"己所欲勿施于人"的视野和胸怀。这才是"合一"。太多高管有点像父母，想把自己拥有的最好的东西都毫无保留地要求员工接受，结果事与愿违，常常酿成悲剧。教练式领导懂得"顺其自然"，他们能创造一个场域，让团队的每一个成员都能"自然而然"地发展。

2010年我在TCL集团、天康集团、世邦集团、伽蓝集团等公司的内训和一系列公开课中，引进了教练艺术和技术，获得非同寻常的反响。大家都觉察到，当一个人"生命意识"开始觉醒，每一个岗位现场的使命意识和责任意识也就跟着苏醒，这是由内而外的、传播以心为本、以人为本的中国传统文化精华的有效途径。

　　我的眼前展现了这样一幅幅美丽的画卷：当"生命意识"在每个当下真正觉醒，在公司每一个业务现场将涌现出解决问题的全能选手，在公司的各个层面上将涌现出无数的经营者，涌现出无数个稻盛和夫、任正非、张瑞敏、马云、陈东升、曹国伟、郑春影、李东生、郭为、杨松科、杨焰、刘红军、张勇……

　　觉醒，觉醒了的中国人向世界呈现出真正的丰盛。这幅灿烂的画卷，让我想起了美国现代舞创始人 Matha Graham。

　　97 岁去世的美国舞蹈家 Matha Graham，在 93 岁的时候还能登台跳舞。有人说她是"一个丑陋的女人跳着丑陋的舞蹈"，但是她却用一首诗表达她不甘成为"罪人"的心境：

Keep the Channel Open

保持你的管道畅通！

Matha Graham

玛莎·葛兰姆

　　There is a vitality, a life force, an energy, a quickening that is translated through you into action, and because there is only one of you in all of time, this expression is unique. And if you block it, it will never exist through any other medium, and be lost. The world will not have it.

混沌的宇宙中，一种生命力，一股能量，一分胎息，透过你而出现律动！在永恒的时空中，你是那么的唯一，这种表现也就那么的独特！如果你拦阻了它，它将消失，无法借助其他手段存在。世界将永远无法看到它！

It is not your business to determine how good it is, nor how valuable, nor how it compares with other expressions. It is your business to keep it yours, clearly and directly, to keep the channel open.

你无权决定它的美好与价值，也无权拿它媲美任何其他的表象！但是你可以完全地拥有它，清晰和直接地保持你的管道畅通！

You do not even have to believe in yourself or your work. You have to keep open and aware directly to the urge that motivates you.

你甚至不需要相信你自己或者你的作为。可你一定要保持着那颗开放的心灵和觉察，敦促它直接地策动着你！

是的，生命意识觉醒，就是保持你的管道畅通。无论你遭遇什么，无论看上去是多么穷凶极恶，无论看上去是何等的曼妙，你都放松、专注、开放、流动和觉知，你就会保持一种接纳万物的中正，巨大的喜悦就会流动起来，迎接一个又一个的新生事物，进入生生不息的创造状态，这就是宇宙赋予每个人的独特使命。

2010 年盛夏，我有幸走进风景优美的喀纳斯湖与禾木，之后，我又来到了宽阔无垠的呼伦贝尔大草原和满洲里湿地。这是我长久以来期盼的梦境，美丽、遥远而又神秘。郁郁葱葱的大草原，全然的生命绿洲，每一刻都在变换着它的律动。一刻接一刻的惊喜，一刻接一刻的崭亮如新，一刻接一刻的辽阔通透，一刻接一刻地浮现同一幅画面：老娘和女儿跟我一起在草原上撒欢。

老娘 3 年前走了，走得突然，走得让我心痛失语。而老娘的地头力遗产却留给了我，渗透进我的血液，使我变得强壮，清新，自信。老娘在极端艰苦的条件下，从原初的爱出发，锁定目标，坚韧、承当而满心欢喜，头拱地往前走，走出一片中国女人的天空，把孩子们带进生命的绿洲。

地头力，是对中国企业人艰苦卓绝而又惊喜连连的不凡人生的记录和提炼，其中凝聚着中国众多企业家和企业人的心血。我尤其感谢我追随了十多年的老板邓质方。在他的感召下我于 1994 年 1 月 1 日从国务院发展研究中心下海。邓质方每天都到一线现场的工作作风，遭遇再复杂的问题都可以把相关人士聚在一起坦诚沟通的领导风格，让我感受到现场领导的魅力。或许，这是我关注到的公司地头力的最早雏形。邓质方当时向我推介的两位日本企业家盛田昭夫（索尼创始人）与稻盛和夫，更成为滋养我的不竭源泉。

2009 年 11 月 2 日，稻盛和夫在中外管理恳谈会上与张瑞敏对话。事后我们一起吃午饭，说到兴奋之处，老人红光满面、精神矍铄地说："育琨君，我们两个约定，端着钵，打着赤脚，挂着拐棍，走遍中国的城市乡村去传道！"

从来不敬酒的我也一时兴起，走到老人面前深鞠一躬，举着酒杯动情地说："我愿意追随大师，给中国企业家传道，给中国企业人传道，这是我终生的事业，是我的生命，是我的呼吸和饮食。"

稻盛和夫的教导，让我抓住了本书的纲：建构公司的场域，唤醒员工的生命意识和责任意识，释放地头力。

河田信老师是我的老朋友，我的地头力理论有许多层面都受益于他。"地头力是世界性语言，地头力是东方兴起西方衰落的根本所在。"大师的这两句标志性语言，是地头力的宣言。2010 年，老师两次来中国，跟我纵论东西方管理，有一次我们一直聊到凌晨 3 点。他对管理的深刻洞见，一点一滴滋润着我。他很欣赏我的主题："建构系统的力量，觉醒生命意识和责任意识，是一切问题解决的最佳范式"。所以他在本书序言中指出："以人的能量为基础的经营系统设计，是 21 世纪经营的基本原理。"

艾路明是中国企业家的杰出代表。他们从一无所有的境地白手起家，终于建立起傲人的商业帝国。物质财富的极大丰富并没有让他们停歇，他们对梳理与概括自己的经营管理实践有着深深的热爱。这是一种全新的使命意识：他们要把自己体悟到的最宝贵的东西，传递给中国公司，传递给中国商界，传递给中国的新生代。他们之所以这样做，有着更为深刻的使命意识：中国要想跻身一流强国，中国人民的富足安康，有赖于中国管理的创新，有赖于精神财富的丰盈。管理创新是一个国家变革最为基础的支撑，是一国新文化的载体，是一国精神的血脉。

我一直在寻找让地头力落地的工具。在遇到国际教练大师 Paul Jeong 博士后，才算有了现实的答案。200多个学时的学习和200多个小时的练习，让我对教练文化有了全新的认识。

我还要诚挚地感谢2010年请我去做企业内训的公司和集团。每到一个公司，我都会与他们的一把手进行交流，摸索出适合企业需要的主题。胡启毅、袁海兴、郑春影、高国强、杨焰、郝义、江宝全、杨松科、聂圣哲、郭为、黄鸣等都对地头力理论有着直接的贡献。他们的公司，在某种程度上说，就是建立在地头力基础上的公司。还要感谢最近一年来，走进我的课堂或论坛的几万名企业家和高管。"地头力"与"答案永远在现场"，是我们一起共鸣、共振、共进的结果。

还要感谢新浪、搜狐、网易、天涯、腾讯、和讯、价值中国等博客网站，在过去的一年中有众多网友阅读我的博客，并留下了丰富的评论，滋润了我的心田，砥砺了我的思维。这实际上是企业人共振的便捷平台。

感谢《上海证券报》《广州日报》《中国经济时报》《经理人》《中外管理》《中国经济周刊》《商务周刊》《销售与市场》《商界评论》《南方都市报》等媒体，为我搭建了与读者交流的平台。

感谢我的朋友刘佳胜、邓质方、吴敬琏、武建东、马建堂、王京清、宁高宁、朱继民、田源、陈东升、李利、丁立国、张跃、王巍、胡启毅、薄连明、梁启春、周云杰、苏方雯、曹岫云、钱龙、陈丹青、付荆军、何涛、陈远、聂圣哲、夏华、高雄、柯岩、弋朝、张洪涛、荆涛、潘斌、蔡权、王清海、姜兴宏、毛武、吕云生、田来富、于绍文、方泉、扬天举、黄海平、崔巍、张曉原、陈冠、杨思卓、郭春林、刘鸿雁、田义、陈明亮、李宏、王振耀、董耀辉、杨曦沦、高光勃、谢俊、宋讷萍、纪传盛、张君英、李建林、杨长征、符然雅、郑雅心、连文胜、杨军、潘守培、董晓明、高贤峰、高艺源、李明鹏、夏春雷、王虎林、沈飞昊、汪中求、张建华、朱新月、高勇、梁峰、罗进、杨清波、周勇刚、范业龙、陆斌、刘元煌、汪涌、王永、李勇、赖日盛、周昭喜、陈志群、吴德军、钱焌宇、白立新、丁晓东、胡小和、杨俊杰、牟正蓬、吴志军、牟敦国、张景华、王莉、王曼宁、蔡红芳、王海波、蔡昉、江可申、薛为昶、钱升、杨惠馨、徐向艺、李立、王智太、吴春波、孙健敏、李国强、任兴洲、常青、易广招、黎艳阳、乔刚、戴国庆、郑永权、侯瑞生、刘志勇、王进生、吕珂、翟江波、王克明、孟广平、陈昊杰、毕谊民、远山、毕桃李、育琦、东莱、雷雷、温惠芳、李建波、杨晓光、潘文政、刘茂青、陈力军、杜军、叶小叶、刘昀、陈亚男、李红兵等以及众多读者朋友，他们的精神与阅历润物无声，渗透入书。

尤其是李建林，在书已经初定稿时，又从意识层次上给我点拨，还给我绘制了几张重要图表，激发我重新梳理了若干重要章节。杨清波百忙之中给我先做了通校，让我的书以更专业的面貌出现在凤凰联动出版人的面前。黄海平一如既往地充当我的守护神，他对我的文字投入情感和专业，还给我找来若干富有灵魂的案例和智者的心语，帮我扩展着视野。

国务院发展研究中心的老领导和恩师杨鲁于 2010 年 4 月 1 日傍晚辞世，当天上午他还让保姆给我寄出照片和信函，表示他近期感觉不错。81 岁的恩师杨鲁有着开阔的心胸，他与肺癌抗争了 11 年，从来没有一丁点儿的抱怨。记得 1985 年我分到国务院发展研究中心第一次跟他出差调研，回来后他让我写个调研报告，研究生毕业的我却傻了眼，磨蹭了 2 天写出 1 页纸的稿子，却被杨老给改成了 3 页纸。从那以后，我的每一篇文字都是杨老帮我改。一直到后来我独立承当世界银行与福特基金会课题，也都由杨老给我把关。我们两人1992年合著的《住房改革的理论与现实选择》，一直到今天还有人在引用。

我与杨老无话不谈。他实际上是我的生活导师，我敬他若父。后来我做企业写管理文章，杨老把他的生命体验和哲学都毫无保留地注入其间。他得病11年，停下了其他事务性的工作，但给我改稿子却一直是他最喜欢的主业。杨老的女儿杨绍华说，杨老夫妇晚年为有我这样的部下和弟子深感欣慰。每次我去探望他时讲过的故事或音容笑貌，都是他们好几天的话题。我又何尝不是如此。杨老的家是我静心的道场，工作生活上遇到了任何烦心事，都可以在那里诉说与找到出路。大师走了，选在周末的晚上，还赶上清明节，不耽误儿女一丁点儿时间。按遗嘱，送别老人时只有家里人在场。他用这人生最后一个句号，告诉我该如何无求静心。

当然，还要感谢我妻子和岳母。女儿在她们的悉心照料下，健康成长，给我带来无尽的欢乐。女儿善做我喜欢的梦。我去大草原前的一天，她说梦见奶奶在大草原上，于是有了我开始提到的祖孙三代在大草原上撒欢的画面。

我记起了见过一面就成为好友的吴德军。这个40多岁来自呼伦贝尔大草原的汉子，有着与我同样的冲动：回到家跟母亲同住一个房间，听84岁的母亲说故事。母亲去世前，每次回老家住老房子，我也喜欢跟母亲同住一间房。听我说起老娘，他就腾地站起来，胸膛起伏着，唱响了真挚而雄浑的《母亲》。他唱得如泣如诉，唱得我们热泪滚滚，紧紧拥抱。

母 亲

在那阳光撒满的原野上

我从您的身上掉到人间

在我幼小的心灵里

您就是我人生的希望

当我举头望故乡

远处闪现您的身影

当我看到大雁飞南方

我就想呼唤您

我的母亲!

在那云雾迷茫的大地上

您把我当做自己的理想

在我人生的旅途上

您承受了人间的艰辛和忧伤

当我举头望故乡

泪水中晃动着您的身影

当我看到大雁飞向远方

我就想呼唤您

我的母亲!

大草原,生命的绿洲。但愿这本由众多人心血铸就的书,也能成为一片郁郁葱葱的大草原，每时每刻，不同的人会在其中拿走适合他的东西，拿走可以滋养他的东西。

这就是我的命：点亮和提升自己意识的亮度，点亮和提升中国人意识的亮度。

王育琨

2010 年 10 月 16 日

点亮和提升自己意识的亮度，
点亮和提升中国人意识的亮度！